JE VAIS T'APPRENDRE LA POLITESSE…

Paru dans Le Livre de Poche :

ARITHMÉTIQUE APPLIQUÉE ET IMPERTINENTE
GRAMMAIRE FRANÇAISE APPLIQUÉE ET IMPERTINENTE
IL A JAMAIS TUÉ PERSONNE, MON PAPA
J'IRAI PAS EN ENFER
MOUCHONS NOS MORVEUX
LA PEINTURE À L'HUILE ET AU VINAIGRE
LE PENSE-BÊTES DE SAINT FRANÇOIS D'ASSISE
ROULEZ JEUNESSE
SCIENCES NATURELLES ET IMPERTINENTES

JEAN-LOUIS FOURNIER

JE VAIS T'APPRENDRE LA POLITESSE...

Adultes, ne pas s'abstenir

dessins de Bruno Heitz

PAYOT

Conception graphique : Michèle Defait

Et si un jour on était poli...

Vous allez voir sourire beaucoup d'autrui, même si c'est un jour de pluie. Et ceux qui ne sourient jamais, les méchants, ils vont se calmer.

Un « merci », un « s'il vous plaît », un « pardon », un « excusez-moi », c'est mieux qu'un gilet pare-balles. La violence commence souvent par un « Tu pourrais pas être poli ? », puis les mots deviennent gros, on sort un couteau et on se retrouve à l'hosto.

Alors, parce que je t'aime bien, petit con, je vais t'apprendre la politesse.

1
LES FORMULES DE POLITESSE

merci

C'est un des premiers mots qu'on apprend quand on est petit. On doit toujours dire merci, merci à la dame, merci au monsieur, merci à tout le monde.
Un jour, on en a marre de remercier la terre entière, alors on dit merde. Merde au monsieur, merde à la dame, merde à la terre entière. Ça s'appelle l'adolescence.

On sait de moins en moins dire merci, peut-être parce qu'on est toujours pressé et qu'on n'a plus le temps ?

Il faut une demi-seconde pour dire merci.
(Le même temps que pour dire merde.)

Dire merci, c'est signifier à la personne qui a fait quelque chose pour vous que vous l'avez remarqué et que vous avez été sensible à son geste.
Merci Léon, merci Gaston, merci Raymond, merci fiston, merci tonton...
On doit dire merci à la boulangère qui vous donne le pain, à la crémière qui vous rend la monnaie, à la poissonnière qui vous dit bonne journée...
On doit surtout dire merci à l'autrui qui vous a cédé sa place, qui vous a tenu la porte, qui a ramassé votre paquet tombé, qui vous a donné la main, qui vous a donné du pain, qui vous a aidé à vous relever et qui vous a souri.

Ne vous croyez pas obligé, comme Jésus, de dire merci à celui qui vous a donné une gifle, à moins, comme Lui, d'en vouloir une autre.

Plus poli que lui tu meurs : non seulement il disait merci, mais « je vous en prie » en tendant l'autre joue.

Comment dire merci à un étranger ?

À un Arabe : **Choukra.**
À un Turc : **Techecure éederim.**
À un Allemand : **Danke schön.**
À un Italien : **Grazie.**
À un Hongrois : **Koesoneum.**
À un Hébreu : **Toda raba.**

S'il vous plaît

On dit « s'il vous plaît » à la personne à qui on demande quelque chose, l'heure, sa route, cent balles, un baiser, du feu...

Comment demander du feu à autrui

Si autrui est le pape, que choisir :

– As-tu du feu, Ta Sainteté ?
– Passe-moi du feu, mon pape.
– S'il vous plaît, Votre Sainteté, puis-je me permettre de vous demander du feu ?

On ne doit jamais tutoyer le pape.
On ne doit pas mettre le possessif « mon » devant le pape, le pape ne vous appartient pas. On doit utiliser le « s'il vous plaît ».
La bonne formule est :

« S'il vous plaît, Votre Sainteté, puis-je me permettre de vous demander du feu ? »

ATTENTION :
Si le pape vous offre du feu, n'oubliez pas de lui dire merci et proposez-lui un clope.

COMMENT DEMANDER L'HEURE À AUTRUI

SI AUTRUI EST UN ARABE, QUE CHOISIR :

- Quelle heure est-il, monsieur l'Arabe ?
- Auriez-vous l'obligeance de me donner l'heure, monsieur le Bicot ?
- S'il vous plaît, monsieur, puis-je vous demander l'heure ?

On ne doit pas faire mention de la nationalité, d'autant que « bicot » est un terme péjoratif.
On doit utiliser le « s'il vous plaît ».
La bonne formule est :
« S'il vous plaît, monsieur, puis-je vous demander l'heure ? »

ATTENTION :
N'engueulez pas un Arabe s'il vous donne l'heure en chiffres arabes.

Je vous en prie

On dit « Je vous en prie » à la personne qui vous a remercié, façon de dire « il n'y a pas de quoi, c'est la moindre des choses ».
On doit le dire même si ça n'est pas la moindre des choses.

Quand on a plongé dans la mer depuis les falaises d'Étretat au mois de décembre pour repêcher un désespéré, qu'on a perdu une Timberland, sa montre, qu'on a attrapé une broncho-pneumonie, on ne doit pas répondre « de rien » au merci de celui qu'on a sauvé.
Mais ne dites surtout pas « À votre service » ni « À la prochaine », ça peut donner au désespéré l'envie de recommencer.
À quelqu'un qui vous dit merci, il faut toujours répondre :
« Je vous en prie. »

Pardon

Comme la sardine, le pardon est une spécialité bretonne. On demande pardon à la personne à qui on a fait du tort, physiquement ou moralement.

ON DEMANDE PARDON :

- Quand on passe devant quelqu'un et qu'on lui cache le soleil pendant un moment.
- Quand on marche sur les pieds de quelqu'un.
- Quand on bouscule quelqu'un.
- Quand on tue quelqu'un par erreur...

ATTENTION :
Le soldat qui tue un ennemi n'est pas obligé de demander pardon à la famille. En revanche, s'il l'a loupé, il doit demander pardon à son général.

Veuillez m'excuser

On présente ses excuses à tous ceux à qui on a causé des désagréments.

On dit :

« Excusez-moi. »

plus chic :

« Veuillez m'excuser. »

encore plus chic :

« Je vous prie de bien vouloir m'excuser. »

ON NE DIT JAMAIS « JE M'EXCUSE ».

Je m'excuse est autoritaire. Vous n'avez rien à imposer à celui à qui vous avez fait du tort. Vous devez simplement lui proposer vos excuses. C'est à lui de les accepter ou de les refuser.

À un piéton que l'on a fauché avec son automobile, on dira :

« Je vous prie de bien vouloir m'excuser de vous avoir écrasé. »

Jamais « je m'excuse de vous avoir écrasé ».

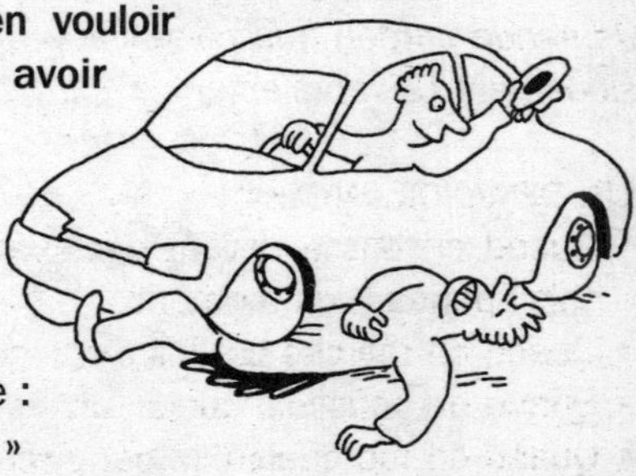

Si le piéton n'est pas mort, il doit répondre :

« Mais je vous en prie. »

2
Saluer autrui

bonjour

Avant, dans les villages, on disait bonjour à tout le monde. Maintenant, il y a trop de monde sur la Terre, on n'a plus le temps. Les gens adorent qu'on leur dise bonjour, et comme ça ne coûte pas un rond, n'hésitez pas.

COMMENT DIRE BONJOUR ?

C'est simple comme bonjour.

Entre jeunes :
« Salut ! »
suivi ou non du prénom.

À une dame :
« Bonjour madame. »
jamais suivi du nom ni du prénom.

À un monsieur :
« Bonjour monsieur. »
jamais suivi du nom ni du prénom.

À un cheval :
« Bonjour monsieur. »
ou **« Bonjour madame. »**
Si vous avez un doute, trouvez un prétexte pour passer derrière l'animal et, une fois renseigné, placez-vous devant et saluez comme il convient.

Dans les relations commerciales, n'hésitez pas à montrer à la personne que vous vous rappelez son nom, dites :
« Bonjour monsieur Dupont. »
mais seulement à monsieur Dupont.

À un couple, dites :
« Bonjour madame, bonjour monsieur. »
jamais « Bonjour m'sieurs dame », réservé à l'huître, alternativement mâle et femelle.

À une vieille fille, dites :
« Bonjour madame. »
et non « Bonjour mademoiselle » (laissez croire qu'elle aurait pu se marier).

À une célibataire encore un peu fraîche :
« Bonjour. »
Le madame peut la vexer.

À un roi : **« Bonjour sire. »**

ATTENTION :
Au roi des cons, on n'est pas obligé de dire bonjour.

On n'est pas obligé de dire bonjour :

À un ami pendant qu'il embrasse une fille (si c'est votre petite amie, remplacer par le poing dans la gueule).
À un ami qui rentre dans un peep show.
À un ami en train de lire « Minute ».
À un ami en train de braquer une banque.
À une personne en train de se suicider (on doit d'abord l'en empêcher).

La poignée de main

Ne pas tendre la main le premier :

à une femme
à une personne plus âgée
à un personnage important
à quelqu'un qui vous est présenté

⚠ ATTENTION :
Ne pas serrer la main tendue du mendiant, mettre une pièce dedans.

DOIT-ON GARDER SES GANTS POUR SERRER LA MAIN ?

Non.
Les gants sont souvent en peau de cochon. Comprenez que les personnes qui vous serrent la main préfèrent sentir votre peau à vous, même si vous êtes copains comme cochons.

⚠ ATTENTION :
Un boxeur peut garder son gant pour foutre son poing dans la figure de son adversaire.

le baiser

En principe, on n'embrasse que les gens qu'on aime. Il y a des exceptions, dans le show-biz, par exemple, et demandez donc à Jésus de vous parler de Judas...

N'embrassez que deux fois, un baiser sur chaque joue. Plus, c'est de la gourmandise.
N'embrassez pas tout le monde, gardez le baiser pour la bonne bouche.

le baisemain

Si on veut faire son distingué, on peut pratiquer le baise-main, mais attention à respecter certaines règles :

Ne pas élever la main de la dame jusqu'à sa bouche, mais s'incliner à la hauteur de la main tendue.
Ne pas baiser la main d'une femme dans la rue ni dans un lieu public (pas plus la femme tout entière).
Ne pas baiser la main d'une femme gantée.
Ne pas baiser la main d'une jeune fille.
Ne pas baiser la main de la cuisinière (surtout quand elle vide les poissons).

Ne pas lécher la main de la dame.
Ne pas mordre la main de la dame.

ATTENTION :
Évitez le baisemain si vous avez un rhume et le nez qui coule.

au revoir

On dit « au revoir » seulement à ceux qu'on souhaite revoir. Au garagiste qui vous a vendu une mob pourrie, dites « adieu ».

On ne dit jamais « Au plaisir », on dit :
« Au revoir et à bientôt. »

ATTENTION :
Ne jamais dire « au revoir » à un huissier.

BONNE CHANCE

On peut remplacer le « au revoir » par « bonne chance » quand on quitte une personne qu'on n'est pas sûr de revoir : un astronaute qui part sur la Lune, un condamné à mort...
Pour les gens superstitieux et les amis très intimes, on peut remplacer le « bonne chance » par :

« Merde ! »

ATTENTION :
Ne jamais souhaiter « bonne chance » au chasseur, mais dire « merde » à la biche.

3
Présenter autrui

les présentations

On ne laisse pas en présence deux personnes qui ne se connaissent pas sans les présenter.

On présente toujours la personne dite « inférieure » à la personne dite « supérieure ».

Sont considérés comme « supérieurs » :
La femme (par rapport à l'homme)
Les vieux (par rapport aux jeunes)
Les patrons de l'État ou de l'Église (par rapport à tous les autres).

Même si votre père est présentable, on ne le présente jamais à un copain, mais on présente son copain à son père :

« Papa, je te présente Rachid. »
Et non pas :
« Rachid, je te présente mon père. »

Si Rachid est noir et votre père blanc et raciste, prévenez votre père avant les présentations.
Si après votre père vous demande de changer de copain, changez de père.
Lors des présentations, vous pouvez accompagner le nom de la personne d'un petit détail valorisant qui permettra de la mieux situer :
« Je vous présente Monsieur le préfet Poubelle qui a inventé la poubelle. »

⚠ ATTENTION :

Si la personne n'a rien inventé, ne dites jamais : « Je vous présente Maurice qui n'a pas inventé la poudre. »

Pour présenter des amis affligés d'un nom difficile à porter, présentez-les par leur prénom seul.

Pour Paméla, dites simplement :

« Permettez-moi de vous présenter Paméla », jamais « Paméla Prout ».

4
Le respect d'autrui

respecter autrui

Respecter autrui, c'est respecter sa différence, ses idées, admettre qu'on n'est pas tous semblables, qu'on ne pense pas la même chose et que c'est tant mieux. Imaginez la Terre peuplée d'individus tous pareils, ce serait aussi ennuyeux qu'un congrès de clones.

DOIT-ON RESPECTER TOUT LE MONDE ?

Oui, on doit le respect à tout être humain. Enfin, en principe, parce qu'il y a certains êtres avec lesquels il faut se forcer :

Ceux qui abandonnent leur chien avant de partir en vacances
Ceux qui klaxonnent l'automobiliste perdu qui cherche sa route
Ceux qui bricolent le pot d'échappement de leur mob pour faire plus de bruit
Ceux qui…
Ceux qui…
Et ceux qui ne respectent rien.

le respect dû à l'étranger

Il ne faut pas oublier que lorsqu'on franchit une frontière, on devient soi-même un étranger.
Les étrangers peuvent être rouges, jaunes ou noirs, jamais bleus. Les couleurs, ça réveille le Blanc.

Respecter les coutumes et les costumes de l'étranger

Ne dites pas à un Grec d'aller se faire voir chez les Grecs.
Ne vous moquez pas d'un Arabe à quatre pattes qui prie.
Ne demandez pas à un Anglais des nouvelles de Jeanne d'Arc.
Ne dites pas à un Allemand « Hitler, votre compatriote... ».
Ne riez pas quand vous croisez un Martien.
Ne vous retournez pas sur un Indien sous prétexte qu'il a des plumes sur la tête.
N'engueulez pas un Chinois qui mange un chien, sauf si c'est le vôtre.

ATTENTION :
Ne jamais dire « enculé de ta race » à un étranger.

le respect dû au pauvre

Le pauvre a sa dignité, il cache sa pauvreté, vous devez faire semblant de ne pas la voir. (Mais ne faites pas semblant de ne pas voir le pauvre quand il vous tend la main.)

Comment prouver au pauvre que vous ne le prenez pas pour un pauvre ?

Demandez-lui 100 balles.

ATTENTION :
Ne pas dire « pauvre con » à un con, même si le con est pauvre.

le respect dû au riche

LE RICHE

Le riche n'a pas une vie drôle. Il n'a plus dans sa tête la place pour des pensées rigolotes. Il ne sait plus rien faire pour le plaisir. Il ne sait plus perdre son temps parce que le temps c'est de l'argent.
Peut-être croit-il que s'il est riche, il ne mourra jamais ?
Pauvre riche...

LE NOUVEAU RICHE

Le nouveau riche, lui, est ridicule.
Et vous avez le droit de rire quand vous le voyez passer dans sa Mercedes or métallisé avec sa fausse blonde, ses bagages Vuitton, sa gourmette en or, son caniche abricot, son téléphone portable et son air satisfait.

le respect dû aux meufs

Ce n'est pas parce qu'elles n'ont pas de zizi qu'il ne faut pas respecter les filles.

Un garçon doit être galant avec une fille, lui tenir la porte, s'effacer pour la laisser passer, arriver le premier aux rendez-vous. Le soir, il doit lui proposer de la ramener chez elle, la raccompagner jusqu'à sa porte, ne pas exiger de monter chez elle, se contenter d'un petit bécot.

Les garçons ne doivent pas profiter d'être à plusieurs pour embêter une fille seule, c'est lâche et minable.

Les garçons ne doivent pas se moquer des filles qu'ils ne trouvent pas belles. Sont-ils sûrs, eux, d'être beaux ?

Ne pas oublier qu'il y a des filles pas très belles avec lesquelles on ne s'ennuie pas et des « canons » qui n'ont pas beaucoup de conversation.

Toucher une fille n'est pas toujours un manque de respect, c'est aussi lui prouver qu'elle est touchante, et qu'elle vous touche ; et si elle vous touche, pourquoi n'auriez-vous pas le droit de la toucher vous aussi ?

N'oubliez jamais de mettre un préservatif, on ne le dira pas au pape.

⚠ ATTENTION :

Un garçon bien élevé ne doit pas toucher le cul des meufs sans y avoir été invité.

le respect dû à l'homosexuel

Il faut respecter les homosexuels. Les homosexuels aiment leurs semblables, mais ils font seulement copain copain avec le sexe opposé, jamais plus, même si affinités. Les homosexuels sont utiles à la société, ils peuvent être garagiste, poète, infirmière, caissière, acrobate, gendarme...

le respect dû à l'hétérosexuel

Quoique ce soit une espèce plus commune, l'hétérosexuel aussi a droit au respect. C'est pas parce que sa sexualité est banale et qu'il est comme tout le monde, qu'il faut se moquer de lui. Les hétérosexuels sont utiles à la société, ils peuvent être garagiste, poète, infirmière, caissière, acrobate, gendarme...

⚠ ATTENTION :

Les « à voile et à vapeur » sont à la fois hétérosexuels et homosexuels, ça dépend du vent.

le respect dû au gros

Si le gros est gros, c'est pas de sa faute, il ne mange pas plus qu'un autre, il lui suffit de regarder des pommes de terre dans les yeux pour grossir, et le gros en a gros sur la patate.

Le gros a une vie difficile, on se moque de lui. Il est essoufflé quand il monte un escalier. Il ne peut jamais être élégant.

Le gros ne peut pas faire de balançoire avec un poids moyen, il ne peut pas s'envoyer en l'air, il reste toujours par terre.

Quand il est très gros, le gros ne peut plus voir son zizi. À tel point qu'il n'est même plus sûr d'en avoir un.

Alors le gros, il en a gros sur le cœur.

Le gros, il faut l'aimer parce que, souvent, il a un cœur gros comme ça.

⚠ ATTENTION :

Ne jamais dire « bouboule » à un gros, ça lui fout les boules.

le respect dû au cul-de-jatte

Ce n'est pas parce que c'est une « demi-portion » qu'il faut manquer de respect au cul-de-jatte.

Ceci dit, ce n'est pas une raison pour lui cirer les pompes et lui tenir la jambe parce que, à force, ça lui casse les pieds. Il risque de sentir dans ces excès de la pitié, et la pitié il n'en a rien à cirer, le cul-de-jatte, il a horreur des faux culs.
Ce qu'il désire, le cul-de-jatte, c'est pas seulement du respect, c'est aussi de l'affection.
Si vous avez une liaison avec un cul-de-jatte, évitez les « mon petit bout de chou » et, surtout, « mon trognon ».

⚠ ATTENTION :
Ne jamais dire « Debout ! » au cul-de-jatte parce que, même assis, il est toujours debout.

le respect dû au prof

Si les profs ne vous aimaient pas, il y a longtemps qu'ils se seraient tirés. Ils ne feraient plus ce métier malgré les longues vacances.
Ils peuvent éveiller en vous des curiosités, des passions qui rendront votre vie passionnante. Pensez que c'est grâce aux profs que vous ne mourrez pas tout à fait idiots.

NE GÂCHEZ PAS LA VIE DU PROF :
Ne parlez pas pendant qu'il parle.
Ne dites pas « J'ai compris » si c'est pas vrai.
N'écoutez pas votre baladeur.
Ne regardez pas votre montre.

Ne croyez pas que c'est le prof qui explique mal, c'est peut-être vous qui comprenez mal.
Ne mâchez pas du chewing-gum.
Ne pensez pas que le prof punit par plaisir.
Ne lui crevez pas ses pneus.

Si vous avez eu une mauvaise note, n'envoyez pas votre père lui casser la figure.

le respect dû au vieux

À chaque époque, on nous prend la tête en affirmant que les jeunes sont de plus en plus mal élevés. Ce sont toujours les vieux qui le disent.
Les jeunes ne cèdent pas leur place assise, les vieux non plus. Patience, les vieux vont bientôt se tirer, vous allez enfin pouvoir vous asseoir, les jeunes.

Ne frappez pas les vieux, ils sont fragiles, ils cassent comme du verre. Soyez gentil avec eux avant leur départ, qu'ils gardent de bons souvenirs de la Terre, ça les aidera à prendre leur éternité en patience.
Chaque fois que vous voyez un vieux, imaginez le gamin ou la gamine qu'il était il y a bien longtemps.

ATTENTION :
Ne pas oublier qu'entre un vieux et un jeune, il n'y a qu'une différence d'âge.

le respect dû au flic

Il n'y a pas deux sortes de flic, celui qu'on fuit quand on vole une mob et celui qu'on va voir quand on vous a volé votre mob, c'est le même. Peut-être qu'il y a chez les flics des poètes au chômage... On raconte que certains élèvent des canaris.

Quand vous demandez un renseignement à un flic, dites toujours :
« Bonjour monsieur l'agent. »
« S'il vous plaît monsieur l'agent. »
« Merci monsieur l'agent. »
« Au revoir monsieur l'agent. »

Lorsque vous quittez un commissariat, ne dites jamais « à bientôt » ni « au revoir », mais « adieu ».

ATTENTION :
Ne pas se moquer des femmes flics parce qu'on n'ose pas se moquer des hommes flics.

le respect dû au mort

Comme le mort n'est plus là pour se défendre, on doit le laisser reposer en paix. Même s'il nous a fait du tort. On ne doit jamais faire de pied de nez à un mort.

LES DERNIERS SOINS DE BEAUTÉ

Le mort doit être présentable parce qu'il va être présenté à Dieu.
Fermez-lui les yeux, il en a assez vu.
Profitez de ce qu'il est encore mou pour l'habiller.
Si le défunt est roi, toréador, clown ou académicien, on lui mettra son uniforme d'apparat et son nez rouge.

Si le mort est catholique, mettez-lui un chapelet entre les doigts, s'il est garagiste une clé à molette.

REMARQUE :
Si le mort est épicier, on peut lui laisser son crayon derrière l'oreille, ça fait plus vivant.

QUE DIT-ON DEVANT UN MORT ?

« On dirait qu'il dort. »
« Il est plus grand mort que vivant. »
« C'est bien lui. »
C'est la moindre des choses, si c'était pas lui on serait pas là.

⚠ ATTENTION :
Ne pas oublier qu'entre un mort et un vivant, il n'y a qu'une différence de 37 °.

ET SURTOUT, N'OUBLIEZ JAMAIS :
En tout lieu, en toutes circonstances, le fort doit la priorité au faible.

Le tigre au chat
Le polytechnicien au mongolien
L'aigle au moineau
Le moineau au moustique
Le général au soldat
Le crocodile au lézard
Le PDG à l'éboueur
Le loup à l'agneau
Le chasseur au lièvre
Le lièvre au rat

À suivre...

5
Le respect des choses

le respect dû aux choses

Ne pas dégrader.
Ne pas abîmer.
Ne pas déchirer.
Ne pas casser.
Ne pas bousiller.
Ne pas esquinter.
Ne pas détruire.
Ne pas brûler.

Ne pas salir pour le plaisir.
Ce n'est pas parce qu'elles ne peuvent pas se défendre qu'il faut shooter dans les portes.
Ne donnez pas de coups de pied dans les meubles, ils ne vous ont rien fait.
Prenez soin de vos vêtements, même quand c'est papa qui paye.
Ne cassez pas les téléphones publics. Un téléphone ça peut servir à appeler un médecin pour une urgence.
Casser n'est pas un signe de force, c'est un signe de faiblesse.

LES TAGS

Si vous avez une envie pressante de faire un tag, retenez-vous le plus longtemps possible.
Si l'envie persiste, choisissez un bâtiment très moche, ce sera bien fait pour l'architecte qui a mal fait son boulot. Mais faites un brouillon avant.

Les murs ont de la mémoire, essayez de leur laisser de bons souvenirs.

6

LE RESPECT DE LA NATURE

le respect dû à la nature

On doit laisser la Terre aussi propre qu'on l'a trouvée en arrivant. Il faut penser à ceux qui vont venir derrière. Le monde va continuer. Après vous c'est pas le déluge.

Dire bonjour au Soleil quand il se lève.
Ne pas cracher par terre.
Saluer les arbres qu'on croise.
Ne pas shooter dans les champignons.
Ne pas cueillir les fleurs avec leur racine,
elles ne repousseraient plus.
Ne pas jeter des bouteilles en plastique dans la campagne.
Ne pas verser son huile de vidange dans la rivière, les poissons ne la digèrent pas.

Ne pas jeter son mégot dans la forêt si on veut retrouver la forêt l'année prochaine.
Ne pas traverser les bois à moto, ni avec sa musique à tue-tête, pensez aux oiseaux qui font la sieste.
Ne pas faire pipi dans la mer, par respect pour les crevettes.
Applaudir un ciel étoilé.

⚠ ATTENTION :

Toujours dire bonsoir au Soleil quand il se couche et ne jamais oublier de lui dire « à demain ».

QUAND ON A ABÎMÉ LA NATURE

Quand on a abîmé la nature, il faut lui présenter ses excuses. Si l'armateur de l'*Amoco-Cadiz*, responsable de la plus célèbre marée noire qui a sali la mer et les côtes bretonnes, avait été poli, il aurait demandé pardon aux mouettes.

Celles-ci auraient été dispensées de répondre « Je vous en prie ».

Les promoteurs qui, tous les jours, font des trous avec leurs bulldozers devraient présenter leurs excuses à la Terre et lui faire envoyer des fleurs.

Imaginez qu'un jour la Terre ait envie de se venger, qu'elle dise aux hommes : « Je vous nourris depuis des siècles, eh bien maintenant, quand je vois les dégâts que vous me faites, j'en ai marre, j'arrête. »

⚠ ATTENTION :

Si un jour la Terre refuse de faire du blé et des pommes de terre, avec quoi on mangera nos moules ?

7
LE RESPECT DES ANIMAUX

le respect dû aux animaux

On ne doit pas respecter seulement les gros animaux qui vous font peur. Avant d'écraser un insecte, imaginez-le grossi mille fois.

QUE DIRE AU CHIEN QUI RAPPORTE LE JOURNAL ?
On doit dire : « **Merci mon chien.** »

QUE DIRE AU CHIEN QUI ABOIE ?
On peut dire : « **Ta gueule.** »

Ne pas abandonner son chien quand il est vieux ni quand on part en vacances.
Ne jamais laisser le chien seul avec un bébé.
Gronder le chien qui a mangé le bébé.
Ne pas dire « Nique ton chien ».

ATTENTION :
Le chien d'aveugle a la priorité sur le chien de sourd.
Ne pas ridiculiser son chien en lui mettant des petits manteaux, des bottes, des petits nœuds, des visières.

Habituer le chien à faire là où on lui dit de faire. Attendre qu'il ait fini. Si le chien est constipé, le maître ne doit pas être impatient. Le chien lui rendra la pareille à l'occasion.

QUE DIT-ON À UNE POULE QUI A PONDU UN ŒUF ?
On dit : « **Merci ma poule.** »
PEUT-ON DIRE « TA GUEULE » À UNE CIGALE ?
Oui, ça soulage.
PEUT-ON TUTOYER SON CHAT ?
Oui, si vous êtes à tu et à toi.
PEUT-ON TUTOYER UN AIGLE ?

Essayez, dites à l'aigle : « **Comment vas-tu ?** »
S'il vous répond : « **Bien et vous ?** », inutile d'insister.

ATTENTION :
Ne jamais dire « Hue cocotte » à un cheval homosexuel.

PEUT-ON OFFRIR DES FLEURS À UNE VACHE ?
Oui, surtout les fleurs des champs.
Attention aux fleurs de fleuriste, il faut impérativement retirer le papier d'emballage et les agrafes, elle est capable de tout bouffer.

le respect dû au gibier

QUE DOIT FAIRE LE CHASSEUR QUI A TUÉ UN CERF ?

Il ne doit pas se sauver, il doit aller présenter ses condoléances à la biche ou lui faire envoyer des fleurs avec un petit mot.

UN CHASSEUR PEUT-IL ASSISTER À L'ENTERREMENT D'UN OISEAU QU'IL A TUÉ ?
Oui, mais il doit se tenir au fond de l'église, les yeux baissés, l'air honteux, et il ne doit pas être armé.

DES LAPINS PEUVENT-ILS ASSISTER À L'ENTERREMENT D'UN CHASSEUR TUÉ DANS UN ACCIDENT DE CHASSE ?
Oui, à condition de ne pas rigoler pendant la cérémonie.

8
Le respect de soi-même

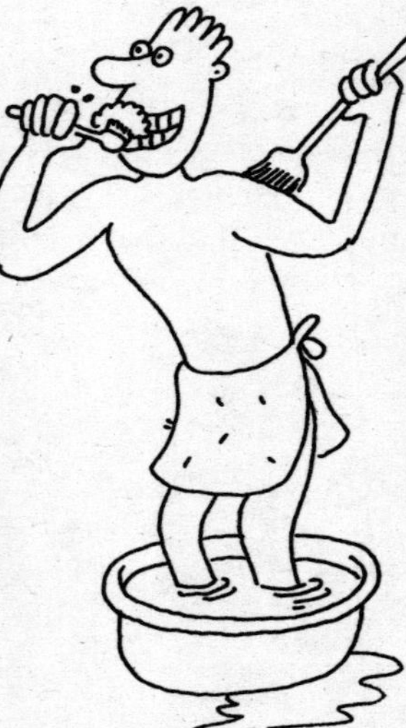

le respect de soi-même

Être beau à regarder, bon à sentir, être propre, bien habillé, c'est une façon de faire plaisir aux autres en se faisant plaisir. Offrez aux autres un beau spectacle, votre personne, dans un paquet-cadeau.

LES PETITS SECRETS POUR PUER MODÉRÉMENT

Se laver entièrement tous les jours.
Mettre du déodorant.
Changer de sous-vêtements tous les jours.
Changer de collant, de chaussettes, de chemise tous les jours.
Ne pas remettre un vêtement qui sent la transpiration.
Mettre un peu d'eau de Cologne ou de lavande sur ses vêtements.

ATTENTION :
Les vêtements noirs se salissent aussi, ça ne se voit pas, ça se sent.

POUR NE PAS PUER DE LA GUEULE

Se brosser les dents matin et soir.
Ne pas boire trop d'alcool.
Ne pas trop fumer.
Ne pas manger trop d'ail.
Aller chez le dentiste une fois par an.
Pour contrôler son haleine : souffler dans la paume de la main. En cas de mauvaise haleine, un coup de pschitt à la menthe dans la bouche et sucer des pastilles spéciales.

Si la mauvaise haleine persiste, fermer sa gueule et se mettre en apnée.

LES VÊTEMENTS

Avant de se sentir beau, on doit se sentir bien dans ses vêtements.

On n'est jamais élégant avec un vêtement dans lequel on se sent mal à l'aise.

On n'est jamais élégant avec un vêtement dans lequel on se sent trop à l'aise.

La véritable élégance ne doit pas se faire remarquer.

Ne jamais donner l'impression d'être « en dimanche », même le dimanche.

Adapter ses vêtements au lieu, au moment, à la circonstance, à sa personnalité, à son âge, à son physique.

Éviter :

le jogging en ville
le short brillant en nylon
le marcel à trous
les bretelles de soutien-gorge qui dépassent
les marques du slip sous le pantalon
les pantalons moule-boules (pour les garçons)

Attention aux éléments pas assez ou trop assortis, ça fait souvent plouc. Méfiez-vous des coordonnés : cravate, pochette, chaussettes de la même couleur.

Un tigre doit éviter de mettre un slip en peau de panthère.

LES CHEVEUX

Les laver deux fois par semaine.
Les coiffer tous les jours.
Pas de pellicules sur le pull ou la veste.
Ne pas sortir en bigoudis.
Ne pas élever des poux.

 ATTENTION :

Un crâne rasé permet souvent de voir que la tête est petite, très petite.

OÙ ET QUAND PEUT-ON SE GRATTER LA COUENNE ?

Il y a certains endroits de la couenne qu'on ne peut gratter qu'en l'absence des autres, alors mettons-nous à l'abri du regard d'autrui pour nous offrir ce petit plaisir.
Il y a certains endroits de la couenne qu'on ne peut se gratter qu'avec l'aide d'autrui, mais ne demandons pas à n'importe quel autrui.

ET SI TOUT LE MONDE REFUSE DE VOUS GRATTER LE DOS ? Approchez-vous d'un arbre au tronc rugueux et frottez-vous, l'air de rien, comme les vaches.

les bruits incongrus

Le corps humain est une grande usine avec des machines qui tournent jour et nuit, et des tuyaux d'où s'échappent des bruits et de la fumée. Le savoir-vivre consiste à limiter au maximum les nuisances de notre usine.

HAAAAAAAAAA... HEU
LE BÂILLEMENT

Le bâillement indique que vous êtes fatigué ou que vous vous ennuyez, il doit être le plus discret possible. Pour ne pas blesser votre entourage, ne bâillez pas ouvertement et excusez-vous en expliquant que vous êtes très fatigué, mais surtout ne laissez pas imaginer que vous vous ennuyez en leur compagnie.

⚠ ATTENTION :

Ne jamais oublier de mettre la main devant sa bouche quand on bâille. Il est inconvenant de montrer ses amygdales à tout le monde.

HIC, HIC, HIC...
LE HOQUET

Si vous avez le hoquet, buvez lentement et à petites gorgées un verre d'eau sans respirer.

ATTENTION :
Ne pas rire si quelqu'un a le hoquet, c'est peut-être le hoquet de la mort.
Le pape Pie XII est mort après un hoquet qui a duré plusieurs jours. Pendant ce temps, au Vatican, personne n'a ri.

BEURP ! EURK ! OUEK...
LE ROT

La jeune maman est émue par le rot de son bébé. Elle est beaucoup moins émue quand le bébé a 15 ans et qu'il continue à roter à table.
Chez les Arabes, c'est une marque de politesse, le rot signifie qu'on a bien mangé. Dans le Sahel, l'Arabe a de moins en moins l'occasion de roter.

GRROU, GRROU, SNIFF.... TUP
LE RHUME

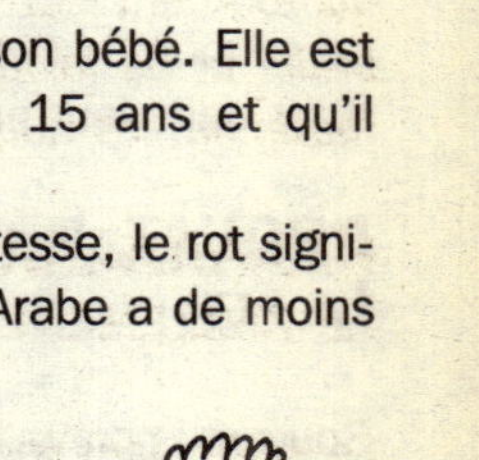

Se moucher discrètement, ne pas déplier son mouchoir en entier, seulement à moitié.

ATTENTION :
Après s'être mouché, ne pas regarder dans le mouchoir, et encore moins le montrer aux autres, c'est rare qu'il y ait une perle.

AAH... TCHI ! AAH... TCHOUM !
L'ÉTERNUEMENT

Lorsque vous éternuez, vous envoyez vos microbes à la vitesse de 100 km/h dans un rayon de 5 m, alors reculez-vous de 5 m ou retournez-vous pour éternuer.
À l'origine, « à vos souhaits » se disait lors des épidémies de peste à la personne qui venait d'éternuer, c'était le premier symptôme de la peste pulmonaire. On savait qu'elle allait mourir, on voulait lui souhaiter bon voyage dans l'au-delà.

⚠ ATTENTION :
Un Noir ne doit jamais dire « à vos souhaits » à un raciste, même s'il vient d'éternuer.

Le souhait du raciste, c'est que tous les Noirs soient reconduits dans leur pays, et le Noir préfère rester avec nous.

PROUÂT, POUT POUT... PROUT
LE PET

Souvent imprévisible, il peut être aigu ou grave, on n'a aucune maîtrise sur sa tonalité. Sa forme la plus sournoise est silencieuse mais accompagnée d'une odeur nauséabonde.
Entre amis intimes et jeunes, il fait rire, mais avec des personnes qui ne se connaissent pas bien, il choque. Comme il est anonyme, il crée dans l'assemblée une ambiance lourde de soupçons.
Au Moyen Âge, on avait coutume de laisser sous la table un chien qu'on rendait responsable des pets émis dans la soirée.

Profitez des endroits vastes et aérés pour péter, un stade par exemple. Évitez les endroits exigus, essayez de ne pas péter dans une navette spatiale, attendez d'être arrivé sur la Lune.

ATTENTION :
NE JAMAIS DIRE « À VOS SOUHAITS » QUAND QUELQU'UN A PÉTÉ.

En disant merci, le péteur perdrait son anonymat et la maîtresse de maison, pour le mettre à l'aise, serait obligée à son tour de péter.

9
Séduire autrui

Comment séduire autrui ?

Soyez naturel, ne croyez pas que pour plaire il faut jouer un personnage. Le personnage que vous jouez n'est pas forcément plus séduisant que vous, en plus il est bidon et il ne dure pas. Faites-vous apprécier pour ce que vous êtes.

SI AUTRUI EST DU FÉMININ

La faire rire.

Savoir l'écouter.

Un garçon peut toujours tenter sa chance avec une fille, mais il ne doit pas insister ni devenir agressif si ça ne marche pas.

Il faut savoir être beau perdant, la fille vous en sera reconnaissante, et on ne sait jamais, peut-être qu'une prochaine fois...

Il est très lâche d'utiliser sa force pour arriver à ses fins.

⚠ ATTENTION :

Il est très mal élevé de violer une fille.

DOIT-ON TOUJOURS LUI DIRE LA VÉRITÉ ?

Si elle vous demande : « Tu me trouves belle ? »

Si elle est belle, répondez :

Non.

(Elle ne vous croira pas.)

Si elle est moche, répondez :

Oui.

(Qu'elle entende ça au moins une fois dans sa vie.)

Si elle vous demande : « Tu me trouves conne ? »

Si elle pose la question, c'est qu'elle a des doutes, si elle a des doutes c'est qu'elle n'est pas conne.

Répondez :
Non.

LES COMPLIMENTS
Ne faites pas de compliments à tout bout de champ et à tout le monde. On pensera que vous vous moquez ou que vous avez un service à demander.

⚠ ATTENTION :
Il est toujours préférable d'être un faux méchant que d'être un faux gentil.
(Le faux gentil est souvent un vrai méchant.)

SI AUTRUI EST DU MASCULIN

Lui dire qu'il est intelligent.
Attirez sans allumer, ce n'est pas toujours facile d'éteindre un feu, c'est encore plus difficile d'en éteindre plusieurs.
Ne laissez pas croire à plusieurs garçons à la fois que vous avez un coup de cœur pour eux.
Ne rembarrez pas méchamment un garçon qui vous courtise, dites-lui gentiment que vous n'êtes pas libre, que vous allez entrer au couvent.
Ne vous laissez pas pincer les fesses par n'importe qui (n'importe qui, c'est celui à qui vous n'avez pas donné l'autorisation de vous pincer les fesses).
Ne criez pas au viol quand un garçon vous prend la main.

Ne trompez pas autrui sur la marchandise et pensez au jour qui se lève sur la réalité.
Évitez les teintures agressives, les maquillages exagérés, les faux ongles, les faux seins, enfin tout ce qui est faux.

ATTENTION :
Ce sont souvent les vrais cons qui aiment les fausses blondes.

10
Le suicide

peut-on se suicider ?

Non.
Le suicide, c'est la plus grosse faute de savoir-vivre.

Ne jetons pas la pierre à des morts. S'ils se sont suicidés c'est que ça n'allait pas très bien, ils ne s'aimaient pas et souvent ils pensaient qu'autrui ne les aimait pas. Mais peut-être que ce n'était pas vrai ? Comment pouvaient-ils en être sûrs ? Ils n'avaient pas eu le temps d'interroger tous les autrui.

Pensez qu'on ne se suicide qu'une fois, il n'y a pas urgence.

Cherchez avant d'autres solutions.
Apprenez à vivre, vous n'aurez pas assez d'une vie pour le faire.

Et si tout le monde se suicide, qui va donner à manger au chat, qui va arroser les plantes ?

POUR RETROUVER LE GOÛT DE VIVRE

Faites briller une pomme, regardez le reflet du ciel dedans et croquez-la.
Allez à la SPA et repartez avec un chien battu.
Attendez le printemps.
Levez la tête et contemplez le ciel.
Regardez le soleil qui se lève.
Caressez une vache.
Respirez une fleur.
Regardez un arbre.

Faites-vous un sourire en passant devant un miroir.
Pensez que demain est un autre jour.

ET SURTOUT :
Regardez autrui, il n'a pas toujours une sale gueule, il y a même des autrui très sympas dont on peut se faire des amis.
(Et plus si affinités.)

ET SURTOUT, N'OUBLIEZ JAMAIS :
En tout lieu, en toutes circonstances, le fort doit la priorité au faible.

Le voyant à l'aveugle
Le gosse de riche au gosse de pauvre
L'éléphant à la coccinelle
Le valide à l'invalide
Le chêne au roseau
L'hémiplégique au tétraplégique
Le lys au myosotis
L'automobiliste au cycliste
La baleine à la sardine
Le chef au sous-chef

À suivre...

11
À LA MAISON

en famille

Il y a trente ans, les jeunes n'avaient qu'une envie, se tirer de la maison familiale, comme les oiseaux d'une cage. Depuis, les temps ont changé, vous avez redécouvert les charmes de la cage familiale, sa température tempérée, son réfrigérateur, son téléphone branché, sa machine à laver... Mais il y a un petit point noir. Dans la maison des parents, il y a les parents.

les parents

Les parents sont des autrui comme les autres. On peut avoir pour eux les mêmes égards qu'avec autrui, le même respect avec, pourquoi pas, l'affection en prime. Il n'est pas interdit de leur dire bonjour, bonsoir, au revoir, pardon et même, quelquefois, merci.

Dites pardon à votre père quand vous le bousculez.

La mère n'est pas une mère à tout faire

elle n'est pas une cuisinière
elle n'est pas une serveuse
elle n'est pas une blanchisseuse
elle n'est pas une femme de chambre
elle n'est pas une couturière...
N'oubliez pas que vous l'avez déjà mise :

en short devant le Prisunic,
en string devant le Mac Do,
à poil sur Internet...
Elle peut pas être partout à la fois.
On ne doit pas sans arrêt demander de l'argent à la Mother's bank (le porte-monnaie de maman).

⚠ ATTENTION :
Les parents ne sont pas des distributeurs automatiques de billets.

LES DEVOIRS DES ENFANTS À L'ÉGARD DES PARENTS

Tenez-les au courant de vos allées et venues.
Prévenez-les de vos retards, de vos absences.
Demandez-leur la permission pour inviter un copain.
Écoutez-les sans lever les yeux au ciel.
Parlez-leur comme s'ils n'avaient pas toujours tort.
Ne soyez pas désagréable avec eux devant vos copains, ça gêne vos copains.

⚠ ATTENTION :
Ne traitez pas votre père de vieux con devant les autres, même si c'est vrai.

D'abord c'est pas toujours vrai, et si vous pensez que c'est vrai, faites quelque chose pour lui, on a un peu les parents qu'on mérite.
Cherchez à faire plaisir à vos parents, et pas seulement à la fête des Mères ou à la fête des Pères.
Leur rendre service sans toujours attendre qu'ils vous le demandent :

Mettez le couvert, débarrassez la table.
Allez acheter le pain.
Descendez chercher le courrier.
Videz les cendriers et la poubelle.
Sortez le chien.
Épluchez les pommes de terre.
Lavez ou essuyez la vaisselle.
Faites le café.
Passez un coup de balai dans la cuisine.
Lavez la voiture.

Ne pas considérer que tout ce qui est à eux est à vous :
leur voiture
leurs bonnes bouteilles
leurs vêtements
leurs CD, leurs cassettes
leur eau de toilette
leurs livres
leurs cigarettes
Est-ce que votre père emprunte vos rollers à vous qui lui empruntez sa voiture ?

la maison

La maison n'est pas un hôtel.
La maison n'est pas un restaurant.
Conclusion : la maison n'est pas un hôtel-restaurant.

La chambre

Quand on n'arrive pas à faire le ménage dans sa tête, on le fait d'abord dans sa chambre.

Faire son lit tous les matins.
Ne pas laisser son linge sale par terre.
Ouvrir la fenêtre pour aérer.
Changer ses draps régulièrement.
Ne pas laisser de vaisselle sale sur le bureau.
Ne pas laisser traîner de mouchoirs sales.
Remettre CD et cassettes dans leur étui.
Ne pas laisser toute la journée la musique à fond.

La cuisine

Le petit déjeuner

Prendre son petit déjeuner avant 10 h.
Être présentable.
Dire bonjour.
Ne pas faire la tête.
Ne pas lire son journal (ou alors à voix haute pour en faire profiter les autres).
Quand on fait griller du pain, en proposer.
Quand on fait chauffer du lait, en proposer.
Quand on a fini, laver son bol et sa cuiller.
Si on est le dernier, nettoyer la table et ranger.

La salle de bains

Ne pas y rester des heures.
Ne pas laisser une piscine après la douche.
Rincer la baignoire et le lavabo.
Reboucher le tube de dentifrice.

Ne pas laisser la serviette par terre en bouchon.
Ne pas se servir de la brosse à dents d'autrui.
Ne pas se servir de la baignoire pour laver son cheval.

LES CHIOTTES

Ne pas ouvrir sa braguette avant d'entrer.
Fermer la porte à clé.
Relever la lunette avant de faire pipi (pour les garçons).
Ne pas y passer des heures.
Tirer la chasse, vérifier le résultat.
Utiliser le balai à chiottes quand nécessaire.
Toujours remettre sa culotte avant de sortir des chiottes.

Si vous ne partez pas en vacances, mettez un déodorant bleu dans la chasse d'eau, vous aurez l'impression de faire pipi dans le Pacifique.

LA CHAMBRE DES PARENTS

Ne pas s'y installer avec des copains.
Ne pas fouiller et piquer dans les tiroirs.
Ne pas dormir dans leur lit.

ATTENTION :

Ne pas entrer sans frapper, ils sont peut-être en train de se reproduire et vous risquez de vous priver d'un petit frère ou d'une petite sœur.

Le salon

Ne pas monopoliser le salon avec la télé, la musique, l'ordinateur, le téléphone...
Ne pas s'allonger par terre.
Ne pas mettre les pieds sur les fauteuils.
Ne pas retirer ses chaussures.
Ne pas se vautrer sur le canapé.
Se lever pour céder son fauteuil quand arrive une grande personne.

La télévision

Avant, nos ancêtres cuvaient leur vin en regardant les braises, maintenant ils cuvent en regardant la télévision.

La télévision a plusieurs avantages sur la cheminée : elle ne fume pas, ne fait pas de cendres, mais elle ne fait pas d'étincelles.

Ne pas l'allumer sans consulter les autres.
Ne pas zapper sans arrêt.
Ne pas regarder que les jeux télévisés.
Ne pas regarder la télé quand il fait beau.
Ne pas croire tout ce qu'on raconte à la télé.

Éteindre la télé :
Quand on reçoit une visite.
Quand on passe à table.
Quand il y a la pub.
Quand quelqu'un téléphone.

Quand il n'y a rien de bien.
Supprimer la couleur quand il y a eu un décès dans la famille.

ATTENTION :
Ne pas regarder la télé toute la journée, ça peut rendre con.

12
À TABLE AVEC AUTRUI

à table

Depuis des lustres, de cristal, les manuels de savoir-vivre apprennent à manger des asperges avec une duchesse, un ambassadeur et un évêque, rarement une saucisse-frites avec un garagiste et un RMIste.
Trois saucisses-frites, trois ! et à table.

La tenue à table

Ne pas mettre ses coudes sur la table.
Ne pas mettre ses mains sous la table.
Ne pas se mettre sous la table (sauf guerre).
Ne pas monter sur la table (sauf inondation).
Ne pas se baisser vers son assiette mais élever son couvert vers sa bouche.
Ne pas tenir ses couverts comme des drapeaux.
Ne pas tenir son couteau comme un stylo.
Ne pas faire de grands gestes avec ses couverts.
Ne pas se gratter, se curer le nez, les dents...
Ne pas tripoter ses cheveux.
Ne pas lire à table.
Ne pas chanter à table.

La serviette

Toujours mettre sa serviette.
Ne pas l'attacher autour du cou.
La mettre sur les genoux, pas sur la tête.
Pourquoi ceux qui mangent des ortolans se mettent-ils une serviette sur la tête ?
Pour se cacher, ils ont honte de manger des petits oiseaux.
En famille, toujours plier sa serviette à la fin du repas.

ATTENTION :

Quand on est invité, on ne plie jamais sa serviette après le repas.

SE SERVIR

On ne se sert pas le premier.
On ne se sert pas avec ses couverts.
On ne demande pas « C'est quoi ? ».
Si on n'aime pas, on ne réclame pas autre chose.

On ne goûte pas dans le plat.
On ne renifle pas le plat.
On ne choisit pas dans le plat.
Si on aime, on ne remplit pas son assiette.
On ne prend pas plusieurs tranches d'un coup.
On ne demande pas à être resservi.
On ne se ressert pas sans y avoir été invité.
On veille à ce qu'il en reste assez pour les autres.

MANGER

On ne mange pas la bouche ouverte.
On mange de petites bouchées et lentement (soyez sympa avec votre estomac).
On ne fait pas de bruit en mangeant.
On ne parle pas la bouche pleine.

BOIRE

S'essuyer la bouche avant et après.
Ne pas vider son verre d'un trait.
Ne pas faire « Aaah ! » après.
Ne pas mettre d'eau dans du bon vin.

VOUS ÊTES INVITÉ À DÉJEUNER OU À DÎNER

(et vous souhaitez être réinvité)

Ne pas s'asseoir avant la maîtresse de maison.
Ne pas s'asseoir sur la maîtresse de maison.
Ne pas commencer à manger avant la maîtresse de maison.
Savoir dire que c'est bon quand c'est bon.
Ne pas fumer avant le fromage, demander l'autorisation à la maîtresse de maison.
Ne pas passer le bras devant son voisin pour attraper le sel, lui demander de vous le passer.

COMMENT DEMANDER DU SEL À AUTRUI

« Passe-moi le sel » ne s'utilise qu'en famille ou avec des intimes. Pour demander le sel à un haut personnage, vous avez plusieurs possibilités.
À un académicien :
« Auriez-vous l'obligeance de me passer le sel, s'il vous plaît, maître ? »
À une religieuse :
« Auriez-vous l'obligeance de me passer le sel, s'il vous plaît, ma sœur ? »
À votre sœur :
« Passe-moi le sel, Simone. »
À un sourd :
Attrapez la salière par vos propres moyens.

ATTENTION :
Ne demandez pas le sel à un aveugle, il risque de vous passer le poivre.

LE PAIN (à gauche de l'assiette)
Ne pas mordre dans son pain.
Ne pas couper son pain avec le couteau, le rompre avec les doigts.
Ne pas saucer avec les doigts.
Ne pas tremper son pain dans la soupe.
Ne pas faire de boulettes.
Ne pas trop nettoyer son assiette.
Ne pas jouer avec son pain, sauf si on est Charlie Chaplin (allez voir *La Ruée vers l'or*).

Si par inattention votre voisin a pris votre pain (celui à droite de son assiette), inutile de lui foutre un pain dans la figure.

QUE PEUT-ON FAIRE SOUS LA TABLE ?
Des choses qu'on n'oserait pas faire dessus :
Du genou ou du pied à son voisin ou sa voisine, mais attention de bien savoir à qui appartient le genou ou le pied, sinon ça peut faire des salades.

LA SALADE
Ne pas couper les feuilles avec son couteau.
Ne pas trier pour choisir les plus belles feuilles. On peut offrir le cœur de la laitue à la jeune fille de la maison (la jeune fille peut rougir).

ATTENTION :
Quand on trouve un ver dans la salade, on ne doit rien dire. On n'est pas tenu de manger le ver.
On agira de même si on trouve un crocodile.

Les asperges

L'asperge est un légume cher, on l'appelle « le poireau du riche » (les enfants pauvres peuvent passer tout de suite au chapitre « Les nouilles »).

Ne pas arroser les asperges ni vos voisins avec la sauce.

Ne pas incliner son assiette en glissant un couvert dessous.

Manger les asperges une par une, avec les doigts.

⚠ ATTENTION :

À la différence de la frite, l'asperge ne se mange que par un seul bout.

Le bout foncé, appelé la pointe, est la partie la meilleure. La partie blanche, plus épaisse, est un peu le manche de l'asperge, c'est par là qu'on la tient.

Les nouilles

La grosse nouille est placide, mais quand elle est italienne, elle est taquine, surtout quand elle s'appelle spaghetti. Elle est fuyante et sournoise, il faut beaucoup de vigilance pour ne pas la laisser s'échapper.

Pour les spaghettis, servez-vous de votre fourchette que vous enfoncez verticalement dans l'assiette et que vous faites tourner de façon à ce qu'ils s'enroulent dessus.

La nouille peut se manger avec du beurre, du fromage, de la sauce tomate et des amis. Si vous n'avez rien de tout ça, mangez vos nouilles seul et avec résignation.

Les œufs

Comment manger des œufs de poule ?

Simplement. Inutile de faire une bouche en cul de poule.
Ne jamais couper un œuf à la coque avec son couteau, se servir de sa petite cuiller.

Attention, les barbus, au jaune dans la barbe.

Comment manger des œufs d'autruche ?

Comme les œufs de poule, mais avec des mouillettes plus longues.

Comment manger des œufs d'esturgeon ?

Comme le caviar, avec plaisir et sans honte.
Le caviar doit être servi dans un plat en argent que l'on pose sur une grande coupe remplie de glace. Il doit être accompagné de toasts tièdes.

Un kilo de caviar équivaut au SMIC mensuel.

Avec le RMI, tintin pour le caviar, remplacez les œufs d'esturgeon par des œufs de lump ou essayez de retrouver du boulot.

QUE PEUT-ON MANGER AVEC LES DOIGTS ?

Du fromage (sur du pain)
Des fruits (sauf les pêches et les poires)
Des asperges
Des chips
Des radis
Des coquillages
Des crevettes grises
Et, bien sûr, un sandwich.

On peut manger des frites avec les doigts quand on est en famille ou avec des intimes, mais jamais avec le roi des Belges ni avec l'archevêque de Canterbury.

⚠ ATTENTION :
On peut manger des pieds de porc avec les doigts, pas des doigts de porc avec les pieds.

Pour manger une pêche ou une poire, si on veut faire son distingué, la tenir avec la fourchette, l'éplucher et la couper avec le couteau et la manger à la fourchette.
On mange une banane, comme les singes, en la tenant avec les doigts (de la main).

⚠ ATTENTION :
Si vous êtes à table à côté d'un manchot, épluchez-lui sa banane.
Mais ne la mangez pas.

Vous invitez à déjeuner ou à dîner

N'hésitez pas à inviter autrui à bouffer, simplement, sans faire de manières. Surtout si autrui vous a déjà invité chez lui, même si son chez-lui est somptueux et le vôtre plus modeste. Autrui y sera très sensible.

⚠ ATTENTION :
Pas de porc à un musulman.
Pas de cheval à un jockey.
Pas de chèvre à Monsieur Seguin.

Quand vous avez un dictateur à dîner, un plat unique : une omelette aux amanites phalloïdes.

(Il n'aura plus faim après.)

Prévenez les autres invités pour qu'ils ne mangent pas. Vous ferez un bon repas après, pour fêter la mort du dictateur.

Mettre le couvert

L'assiette se met au centre.
La fourchette à gauche (comme les communistes).
Le couteau à droite (comme les royalistes).
La cuiller à l'extrême droite.

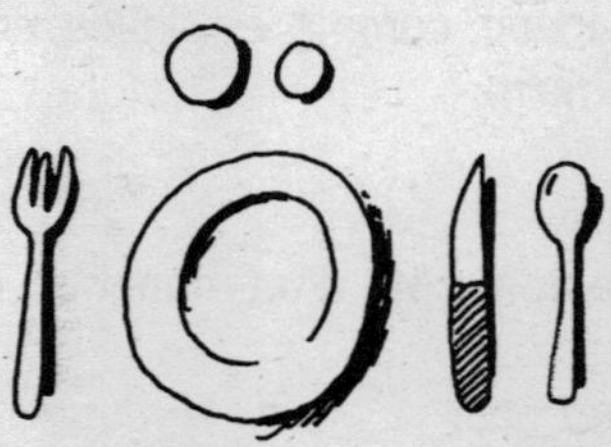

PLACER LES INVITÉS

La meilleure place est, pour une femme, à la droite du maître de maison, et pour un homme à la droite de la maîtresse de maison.

On destine cette place à la personne qu'on veut honorer à cause de sa situation, de son âge, ou simplement parce que c'est la première fois qu'elle vient chez vous.

CAS PARTICULIER :

Vous avez à dîner un Serbe, un Bosniaque, une Croate, un Hutu, un Tutsi.

Attribuez une place à chacun, ne les laissez pas s'installer suivant affinités. Sinon ils vont s'entre-dévorer, et ça va faire des taches sur la nappe.

⚠ ATTENTION :

Évitez de mettre côte à côte le Hutu et le Tutsi, alternez avec des Casques bleus.

13
Parler avec autrui

la conversation

Quand un ange passe, ne lui faites pas de croche-pied, laissez-le passer, c'est bon aussi le silence.

LES RÈGLES DE BASE

Savoir écouter.
Ne pas couper brutalement la parole.
Ne pas tenir quelqu'un à l'écart de la conversation.
Ne pas ignorer la personne qui vous adresse la parole.
Ne pas affirmer quand on ne sait pas.

⚠ ATTENTION :
L'important n'est pas de parler mais d'avoir quelque chose à dire.
Ne pas parler que de vous, il y a d'autres sujets intéressants.
Ne pas abuser des gros mots.

les gros mots

Les gros mots peuvent faire des dégâts quand ils tombent sur autrui, parce qu'ils sont lourds.

QUELQUES VERBES ET LOCUTIONS VERBALES

Depuis le classique « Nique ta mère » jusqu'à « La tête de ma mère », la mère est souvent mise à l'honneur :
elle suce des ours, des poneys morts,
elle est en short devant le Prisunic,

elle est en string devant le Mac Do,
elle est en paquet-cadeau,
elle fait du rodéo sur un cafard,
elle est à poil sur Internet,

C'est la fête des Mères tous les jours.

⚠ ATTENTION :
Ne jamais dire « Nique ta mère » à un orphelin.

Du père, héros plus discret, on parle moins, normal, on le voit moins, il est toujours au boulot ou au caboulot.
Le **« Nique ton père »**
n'est pas encore sur le marché.

QUELQUES VERBES

Glander : ne rien faire, traîner, s'ennuyer.
Je te pisse au cul : je te méprise.
Je m'en bats les couilles : je m'en fous.
Va te faire foutre : va voir ailleurs si j'y suis.
Va te faire voir chez les Grecs : version antique du précédent.
Va te faire enculer chez les moutons : version écolo des précédents.

⚠ ATTENTION :
Dans l'expression « Va te faire sucer le dindon », il ne s'agit pas d'un vrai dindon.

QUELQUES NOMS ET ADJECTIFS

Pétasse : sotte, laide, grosse, vulgaire.
Connasse : voir pétasse.
Gros cul : lourd.
Face de fesse : voir tête de cul.
Tête de cul : voir face de fesse.
Pine d'huître : petit, minable, misérable.

ATTENTION :
L'abus de gros mots nuit gravement à l'élégance.

LES GROS MOTS RÉTRO

Vous aimez, pour vous habiller de façon originale, ressortir les vêtements de vos grands-parents, les chemises sans col, les gilets en soie, les robes de grand-mère... Pour être original, ressortez aussi leurs jurons :

Ventre bleu !
Palsambleu !
Sacrebleu !
Morbleu !
Corbleu !
Sapristi !
Diantre !
Diable !
Flûte !
Pouah !
Zut !
Fi !

Ces jurons expriment l'exaspération.
Ils peuvent remplacer avantageusement les variations sur les « Nique ».

À QUELLE OCCASION PEUT-ON DIRE « TA GUEULE » ?

« Ta gueule « est une expression brutale qui ne peut s'utiliser qu'en cas d'urgence quand quelqu'un a dit une grosse connerie. Il faut impérativemet le faire taire avant qu'il en dise une autre.

On peut dire « Ta gueule » à quelqu'un qui parle de l'inégalité des races.
Pour faire taire un vieux qui a dit une énorme connerie, un jeune dira : **« Ta gueule l'ancêtre. »**

Pour faire taire un jeune qui a dit une énorme connerie, un vieux dira :
« Ta gueule l'asticot. »

ATTENTION :
Pour faire taire un sourd-muet, on éteint la lumière.

ÊTRE GROSSIER EN SILENCE

Que faire pour insulter un sourd qui vous a manqué de respect ?
Un pied de nez
Tirer la langue
Le doigt et le bras d'honneur, cités pour mémoire, sont d'une grande vulgarité, laissez-les aux gens vulgaires.

QUELLE EST LA DIFFÉRENCE ENTRE LA VULGARITÉ ET LA GROSSIÈRETÉ ?
La différence entre mince et merde.
Mince
Mot utilisé par les trouillards qui n'osent pas dire merde.

Merde

On a le droit de dire merde, mais pas souvent. Ce ne sont pourtant pas les occasions qui manquent dans la vie.

Merde une tache
Merde du poisson
Merde le prof
Merde ma mob
Merde un flic
Merde mon père
Merde mon bac
Merde l'ANPE

Merde 20 ans.
Merde un moustique
Merde des triplés
Merde le loyer

Merde 30 ans.
Merde mon premier cheveu blanc
Merde les impôts
Merde les gosses

Merde 40 ans.
Merde une feuille
Merde l'automne
Merde la pluie

Merde 50 ans.
Merde mon dernier cheveu noir
Merde la neige
Merde l'hiver
Merde le docteur
Merde un prêtre
Merde la fin… Déjà.

tu ou vous ?

Dois-je lui dire « je vous aime » ou « je t'aime » ?
Demandez-vous d'abord si vous l'aimez vraiment.

Le vouvoiement

On vouvoie quelqu'un dont on se sent différent, par l'âge, le milieu professionnel ou le milieu social.

Le vouvoiement n'empêche pas les sentiments. Il place simplement une barrière de protection entre les gens qui ne se connaissent pas encore bien. Il sera toujours temps de sauter par-dessus la barrière pour se tutoyer et, pourquoi pas, devenir copains comme cochons.

Dans le doute, il est toujours préférable de choisir le vouvoiement, il est plus facile de passer du vouvoiement au tutoiement que l'inverse.

Dans certaines familles, enfants et parents se vouvoient, c'est un luxe qui coûte moins cher qu'un château du XVe ou qu'un appartement dans le XVIe.

ATTENTION :
Si quelqu'un refuse le tutoiement, ne pas lui dire « Va te faire foutre » mais « Allez vous faire foutre ».

À qui faut-il dire vous ?

à un empereur
à un général
au juge
au policier

à un roi au pape
au prof

Toutefois, si le pape vous dit :
« Comment vas-tu yau de pipe ? »
Vous êtes autorisé à lui répondre :
« Et toi ture en zinc ? »
Vous reprenez le vouvoiement immédiatement après.

LE TUTOIEMENT

Le tutoiement indique que l'on se sent sur un pied d'égalité, même statut social, même génération, ou même famille.
Le tutoiement témoigne souvent d'une relation de longue date et d'une certaine complicité.
Un jeune ne doit pas tutoyer un vieux qu'il ne connaît pas sauf si ce dernier le lui demande.
Un vieux ne tutoie pas un jeune systématiquement parce qu'il est jeune.
On ne tutoie pas un Arabe ou un Noir systématiquement parce qu'il est arabe ou noir.

À QUI PEUT-ON DIRE TU ?

À tous ceux que j'aime, comme l'a écrit Prévert :

ses parents	ses codétenus
son chat	son frère siamois
son cheval	sa mob
ses amis	sa voiture (sauf si c'est une Rolls)

ATTENTION :
Ne jamais dire « assieds-toi » à des frères siamois, mais « veuillez vous asseoir », sinon il y en a un qui va se sentir en trop.

14
Faxer, téléphoner à autrui

le téléphone

Il sert à tout, annoncer les bonnes et mauvaises nouvelles, féliciter, remercier, consoler, engueuler, demander de l'argent...
On peut téléphoner aussi quand on a rien à demander.

Se présenter tout de suite par son prénom et son nom, jamais précédés de monsieur, madame ou mademoiselle.
Dire bonjour, même si on n'a pas la bonne personne au bout du fil.
Si la communication est coupée, c'est à celui qui a appelé de rappeler.
Ne pas monopoliser le téléphone s'il n'est pas muni du signal d'appel.
Ne pas mettre le haut-parleur sans avoir prévenu votre correspondant.
Ne pas appeler avant 9 h en semaine, 10 h le week-end, ni après 22 h.
Ne pas appeler à l'heure des repas.

Ne pas donner de coups de téléphone anonymes.

LE PORTABLE

Avant, le portable était chic parce qu'il était rare. Maintenant il n'est plus rare. Bientôt, ce sera très chic de ne pas en avoir. Planquez-vous pour téléphoner avec.

L'éteindre au restaurant.
L'éteindre au spectacle.
L'éteindre à la messe.

Ne pas en abuser dans le train.
S'il sonne quand vous êtes accompagné, proposez à la personne de la rappeler plus tard ou abrégez la conversation.

ATTENTION :
Ne téléphonez pas à un sourd, choisissez le fax.

le fax

Le fax est un gentil facteur qui apporte le courrier jour et nuit, en plus, il ne vous refile pas chaque année son horrible calendrier.

Un fax ne remplace pas une lettre, le texte n'est pas cacheté, il est visible et lisible par tous. Vous ne devez pas faxer des insultes à votre patron, c'est la secrétaire qui réceptionnera le fax.
Le fax doit être rédigé comme une lettre, avec les mêmes formules de politesse. Il ne supporte pas plus les fautes d'orthographe.

Ne jamais faxer une tranche de jambon aux enfants du tiers-monde, surtout s'ils sont musulmans.

⚠ ATTENTION :
Si vous utilisez le fax pour annoncer à votre ami que vous le quittez, ayez la délicatesse de lui faxer d'abord un Kleenex.

le répondeur

Un répondeur s'appelle répondeur comme un perroquet s'appelle perroquet : il ne fait que répéter ce que vous lui avez dit. Malgré son nom il n'a pas réponse à tout

Si en téléphonant vous tombez sur un répondeur, ayez la gentillesse de toujours laisser un message.
À la maison, si vous êtes le premier à écouter votre répondeur, notez les messages pour les autres. Si vous n'avez jamais de message, n'engueulez pas votre répondeur, engueulez plutôt vos amis.

LES ANNONCES

Ne faites pas de longues annonces, ça coûte cher au correspondant qui appelle de loin, ça impatiente celui qui, pressé, veut vous laisser un message urgent.
Renouvelez vos annonces rigolotes, pensez à ceux qui vous appellent souvent et qui entendent pendant un an vos mêmes plaisanteries.

Et pensez que la personne qui vous appelle n'a pas toujours envie de rigoler :
votre mère qui vous annonce la mort de votre père...
votre meilleur ami qui vient de se faire plaquer...
Maurice qui vient de perdre son chat...

15
Écrire à autrui

la correspondance

Pensez à la boîte aux lettres de vos amis. Faites-leur une surprise. Qu'ils trouvent, au milieu de la pub imprimée, une lettre manuscrite, de vous.

la lettre

Les lettres privées doivent être écrites à la main, pas avec le pied.

Écrivez le mieux possible.
Essayez de ne pas faire de fautes d'orthographe.
Respectez la ponctuation, ne faites pas de ratures.
Ceci dit, une lettre sympa avec beaucoup de fautes est plus agréable à recevoir qu'une lettre sans fautes mais impersonnelle.

LE PAPIER

Choisissez de préférence un papier blanc.
Le papier ne doit être ni rayé ni quadrillé, ni gras.

ATTENTION :
À un ministre, écrire sur du papier ministre, à un boucher jamais sur du papier de boucher.

L'ENCRE

Prenez une encre bleue ou noire, laissez le rouge au prof.
Pas d'encre sympathique, même à des amis.

L'ENVELOPPE

Elle sera assortie au papier.
Monsieur, Madame, Mademoiselle sont toujours écrits en toutes lettres.
Le prénom précède le nom, jamais l'inverse.

L'homme passe toujours devant la femme :
Monsieur et Madame
Philippe et Julie
Pour un couple marié, c'est le prénom et le nom du mari qui priment :
Monsieur et Madame Philippe Dupont

LA PRÉSENTATION DE LA LETTRE

On écrit une lettre à la main, servez-vous de l'ordinateur pour le courrier administratif.
On date la lettre en haut, à droite.
On ne commence pas tout en haut de la page, mais au tiers de la feuille.
On ne commence pas une lettre par « Je prends la plume » (on se doute bien que vous n'avez pas pris un marteau-piqueur pour écrire).
On laisse une marge à gauche et à droite.
On n'écrit pas dans les marges.
Si vous avez fait une tache d'encre, c'est mieux de recommencer la lettre.

LA RÉDACTION DE LA LETTRE

Une lettre est toujours constituée, au début, d'une « formule d'appel » suivie d'une virgule, et, à la fin, d'une « formule de politesse ». La formule de politesse doit toujours correspondre à la formule d'appel.

LES FORMULES D'APPEL

Du plus proche au plus lointain :

Mon très cher ...
Très cher ...
Mon cher ...
Cher ...
Cher Ami
Cher Monsieur
Monsieur
Monsieur le Directeur
Monsieur le Président de la République
Mon Dieu

Pour un courrier administratif : Messieurs

On n'écrit jamais :

Mon très cher monsieur
Mon cher monsieur
Cher monsieur Durand
Cher Durand
Cher Imbécile

LES FORMULES DE POLITESSE

Du plus proche au plus lointain :

Je t'embrasse
Affectueusement
Avec toute mon amitié
Bien à toi
Bien à vous
Cordialement
Veuillez agréer, croire (en, à) l'expression de mes sentiments les meilleurs, de mon meilleur souvenir, de ma haute considération

Courrier administratif : Salutations distinguées

Une femme n'envoie jamais ses sentiments à un homme.

Croyez, recevez :
marquent une certaine condescendance.
Veuillez agréer, je vous prie d'agréer :
marquent un certain respect.

On priera une personne supérieure d'agréer **l'expression**, et non pas l'assurance, de son respect ou de sa considération.

FORMULES D'APPEL SPÉCIFIQUES
À un curé : **Monsieur le curé**

À une religieuse : **Ma Sœur**
(si la religieuse est votre sœur, Chère Simone)

À un grand rabbin : **Monsieur le Grand Rabbin**
(Pour un petit rabbin : Monsieur le Rabbin.)
Au supérieur des Jésuites :
Monsieur le Préposé général

Au pape : **Très Saint Père**
À un juge : **Monsieur le Juge**
À un huissier : **Maître**
À un général : **Général**
À un amiral : **Amiral**
À un ministre : **Monsieur le Ministre**
À une ministre : **Madame le Ministre**
À un médecin : **Docteur**

Quand un loup écrit à son vétérinaire

Il doit commencer par :
Cher Docteur (jamais : Cher Vétérinaire).

Le vétérinaire qui lui répond peut commencer par :
Mon loup
Mon gros loup
Mon petit loup
suivant la taille du loup.

Les différents types de lettres

La lettre d'amour

On peut commencer une lettre d'amour par des noms d'animaux précédés du possessif mon ou ma :
Mon loup, ma biche, mon lion, ma colombe...

Mais jamais :
Mon crapaud, mon veau, ma truie, ma hyène...
Ces animaux-là, gardez-les en réserve pour la lettre de rupture.

Les lettres d'amour sont précieuses, on les entoure d'un ruban et on les garde amoureusement. On peut les relire le jour où le salaud ou la salope qui les a écrites se tire avec autrui.

ATTENTION :
Dans les lettres d'amour, évitez les toujours et les jamais, parce qu'on ne sait jamais.

La lettre de condoléances

On envoie une lettre de condoléances seulement quand il y a eu un décès.

Elle doit témoigner que l'on s'associe à la peine de la famille et elle doit rendre hommage à la personne disparue. Évitez toutefois la formule : « Ce sont toujours les meilleurs qui partent les premiers », pas très sympa pour ceux qui restent. La lettre de condoléances ne s'écrit jamais sur du papier à fleurs. Pour rester dans l'ambiance, choisissez du papier blanc et de l'encre noire.

LA LETTRE ANONYME

La renvoyer à l'expéditeur.

EXEMPLES DE LETTRES

LETTRE DE CONDOLÉANCES DU CHASSEUR À LA BICHE

Madame,

(et non Madame la Biche)

Veuillez accepter mes excuses pour le meurtre de votre mari.

Croyez que je suis confus, mais sachez que mes amis et moi-même garderons un souvenir impérissable de sa gigue. Que ceci soit un réconfort pour vous et vos petits faons dans ces tristes moments.

En espérant avoir le plaisir de vous rencontrer prochainement au coin d'un bois, je vous prie de croire, Madame, à l'expression de mes meilleurs sentiments.

LETTRE AU PLOMBIER

Cher Monsieur,

(et non Cher plombier)

Voilà maintenant huit jours que vous m'avez promis de

venir, la fuite du lavabo que vous avez installé il y a un mois s'est aggravée. L'eau sort maintenant à gros bouillon du tuyau, les voisins du dessous se sont plaints, il pleut sur leur lit.
Que dois-je faire ?

Veuillez croire, cher monsieur, à mon meilleur souvenir.

Et non pas :
« à l'expression de mes sentiments distingués »
Il y a des jours, on n'a pas vraiment envie d'être distingué.

LETTRE À UN LAPIN
Mon lapin,
(et non pas Mon cher lapin, trop cérémonieux)

Je viens d'apprendre par le journal officiel que, cette année, l'ouverture de la chasse aurait lieu avec quinze jours d'avance.
Je préfère te prévenir pour que tu puisses prendre tes dispositions.

Affectueusement à toi.

ATTENTION :
Ne jamais écrire « Mon lapin » à une personne qui a un bec-de-lièvre.

LETTRE D'EXCUSES AU CENSEUR DU LYCÉE
Vous ne vous êtes pas réveillé ce matin, vous avez loupé le cours de gym, envoyez cette lettre.
(Attention, changez votre écriture.)

Monsieur le censeur,
Veuillez pardonner l'absence de mon fils Robert au cours d'éducation physique, il n'a pas été en mesure de se lever ce matin. En effet, il est mort cette nuit.

Je vous prie d'agréer, monsieur le censeur, l'expression de mes sentiments distingués.
(Joindre un acte de décès.)

LETTRE AU PÈRE NOËL

Cher père Noël,
Pourquoi depuis que mon papa et ma maman sont morts dans un accident, tu m'apportes plus rien ? C'est pas très sympa, je te rappelle mon adresse.

Je t'embrasse quand même.

PS : Si ça continue, je vais plus croire au père Noël.

LETTRE À DIEU

Mon Dieu,
(et non Mon cher Dieu)

Aurais-tu la gentillesse de faire mourir Madame Dupont, la prof de math que je déteste, comme ça j'aurai toute la journée Madame Benoît, la prof de français que j'adore ? Je te remercie à l'avance.

LETTRE À UN ANIMATEUR DE TÉLÉVISION
Remplacer par un beau dessin.

LETTRE À ÉLISE
Mi, ré, mi, ré, mi, si, ré, do, la...
(Pour la suite, demandez à Beethoven.)

la carte de visite

La carte de visite accompagne des fleurs, un cadeau, une bombe. Elle sert pour inviter, remercier, insulter brièvement, féliciter, présenter des condoléances, indiquer un changement d'adresse... On la glisse dans une enveloppe de même format.

Texte accompagnant l'envoi d'une bombe :
« Pour vous fendre la gueule. »
Texte signalant un changement d'adresse :

> **Olivier Dupont**
>
> **vous prie de bien vouloir noter qu'il n'aura plus d'adresse à partir du 15 mars 1998.**

La carte de visite porte en son milieu le prénom et le nom de la personne, elle peut porter en bas l'adresse et le téléphone.

ATTENTION :
La carte d'un SDF ne porte pas d'adresse.

les vœux

On peut se servir d'une carte de visite pour adresser ses vœux. Les vœux de bonne année permettent de garder le contact avec des personnes que l'on voit rarement. Ils doivent être envoyés entre le 15 décembre et le 31 janvier.

PEUT-ON ENVOYER SES VŒUX AU CONDAMNÉ À MORT ?
Oui, mais évitez le « Que cette nouvelle année vous réserve les joies que vous méritez ».
Au condamné, on écrira : « Je vous souhaite encore une année. »

le faire-part

C'est avec un faire-part qu'on fait part à ses amis et à ses relations des événements familiaux tels que naissances, mariages ou deuils.

LE FAIRE-PART DE NAISSANCE
D'un format plus petit que celui de mariage, le faire-part de naissance peut être rose ou bleu. Il commence souvent par :
« Nous avons la joie de... »
On y répond par un petit mot de félicitations.

LE FAIRE-PART DE MARIAGE

Le faire-part de mariage est blanc. Habituellement, ce sont les parents qui annoncent le mariage de leurs enfants et le faire-part commence souvent par :

« Monsieur et Madame Jean Dupont ont l'honneur de vous faire part du mariage de leur fille... »

Dans certains cas, la formule peut être modifiée :

Le vicomte et la vicomtesse de L.
ont la douleur de vous faire part
du mariage de leur fille
Ségolène
avec monsieur Ali ben Ahmed.

Le faire-part de divorce n'existe pas encore. Il est à l'étude, il sera gris comme le ciel quand les beaux jours sont passés.

LE FAIRE-PART DE DÉCÈS

Le faire-part de décès n'est pas rose, il est bordé de noir pour mettre le destinataire dans l'ambiance. Il commence souvent par :

« Nous avons la douleur de vous faire part de... »

Dans certains cas, la formule peut être modifiée :

Nous avons la joie de vous apprendre
la mort du chancelier
Adolf Hitler
et du général Franco
de l'ayatollah Khomeyni
du dictateur Amin Dada
du président Ceaucescu...

16
Rendre visite à autrui

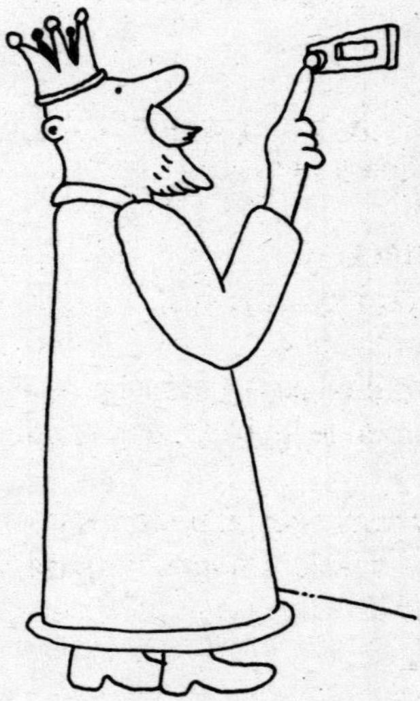

les visites

On ne dit pas qu'on va au coiffeur mais chez le coiffeur.
On ne dit pas qu'on va au docteur mais chez le docteur.
La vache ne dit pas qu'elle va au docteur mais chez le vétérinaire.
Mais quand on part à la guerre, on peut dire qu'on va au casse-pipe.

LA VISITE AU MÉDECIN

AVANT D'ALLER CHEZ LE MÉDECIN

Mettre des sous-vêtements propres.
Ne pas mettre des chaussettes trouées.
Prévoir des vêtements faciles à retirer (pas de jean serré ni d'armure).
Se laver les deux pieds même si un seul est malade.

DANS LA SALLE D'ATTENTE

Dire bonjour en entrant.
Ne pas demander aux autres ce qui les amène.
Ne pas piquer les magazines.

DANS LE CABINET DU MÉDECIN

Dire bonjour : le médecin a fait de longues études, il a réussi son examen, il est fier qu'on l'appelle docteur, alors on dit : **« Bonjour docteur. »**
Se foutre à poil sans faire d'histoires.
Dire « infarctus », pas « infractus ».
Ne pas engueuler le médecin s'il vous fait mal.
Ne pas se déshabiller chez le psychologue.
Refuser l'autopsie, ça laisse des cicatrices.

ATTENTION :

Continuer à parler au psychanalyste même s'il ne vous répond pas.

La visite à l'hôpital

Venir après 13 h, les soins sont en général le matin.
Apporter un petit cadeau, une fleur, un beau caillou...
S'il y a un autre malade, le saluer.
Sortir quand le médecin entre pour la consultation.
Sortir quand l'infirmière entre pour les soins.
S'agenouiller quand le prêtre entre pour l'extrême-onction.

Ne pas prendre un air d'enterrement.
Ne pas manifester surprise ou dégoût devant l'état du malade.
Ne pas venir avec la grippe et une fièvre de cheval.
Ne pas venir à cheval.

ATTENTION :

Ne pas venir avec son chien, il peut attraper des microbes.

Ne pas fumer dans la chambre.
Ne pas demander à l'infirmière si elle est nue sous sa blouse.
Ne pas demander au malade qui geint de bien vouloir fermer sa gueule.
Ne pas se coucher dans le lit du malade.
Ne pas évoquer la mort de quelqu'un atteint de la même maladie.
Ne pas débrancher la perfusion, même pour rire.

⚠ ATTENTION :
Éviter d'offrir un chrysanthème à un malade.

LA VISITE À LA MATERNITÉ

La naissance d'un enfant est un événement dans une famille et une grande joie, surtout si l'enfant est normal.
Il faut vous associer à ce bonheur par des attentions délicates lors de votre visite à la maternité.

Apporter un petit cadeau pour le bébé.
Poser les bonnes questions : le poids, la taille.
Regarder le bébé avec intérêt même s'il n'a pas d'intérêt.
Compter ses doigts. S'il en a dix, dites : « Le compte est bon. »
Si le bébé a deux têtes, ne pas compter les têtes.

Ne pas raconter l'histoire du bébé né avec douze pieds que sa mère a appelé Alexandrin.

Ne pas dire « Ta gueule » au bébé qui pleure.
Ne pas éternuer ni tousser sur le bébé.
Ne pas fumer.

Ne pas faire tomber le bébé par terre pour voir s'il rebondit.

Ne pas photographier le bébé au flash.
Ne pas dire « Beurk » si le bébé est moche.

⚠ ATTENTION :
Ne pas dire « Oh mon Dieu » si le bébé est noir et les parents blancs.

La visite au Bon Dieu

Dans une église ça sent l'encens et les fleurs, il n'y a pas de bruit, l'été il y fait frais et on peut, avec de bons yeux, y voir le bon Dieu.
Dieu a plusieurs pied-à-terre, on peut le voir aussi dans la synagogue, le temple ou la mosquée.

Dans une église

Avoir une tenue correcte : pas de short mini, pas de marcel ni de jupe à ras le bonbon.
Les cow-boys retirent leur chapeau et n'entrent pas dans l'église à cheval.
Ne pas se laver les mains dans le bénitier.

Pendant la messe

Ne pas s'installer dans le confessionnal.
Ne pas rester assis quand l'assistance se lève.
Ne pas parler tout haut.
Ne pas faire de messes basses.
Ne pas soupirer en regardant sa montre.

Ne pas piocher dans la corbeille à la quête.
Ne pas manger.
Ne pas mâchouiller un chewing-gum.
Ne pas piquer les statues, les bougies, le vin, le Saint-Sacrement.

Ne pas écouter son baladeur.
(Même si c'est du chant grégorien.)

Ne pas bouquiner une BD.
Ne pas fumer, même de l'encens.
Ne pas aller en douce sonner les cloches.

ATTENTION :
Ne pas applaudir le prêtre même s'il a bien parlé.

en Séjour chez autrui

Votre ami a réussi à persuader ses parents de vous inviter chez eux en week-end ou en vacances. Il a certainement dû dire que vous étiez bien élevé. Alors ne le faites pas mentir.

Apporter un petit cadeau à la maman.
Dire bonsoir quand on va se coucher.
Faire son lit le matin.
Tenir sa chambre rangée.
Ne pas hésiter à aider la maman.
Ne pas toujours attendre qu'on vienne vous distraire, se distraire soi-même.

Se montrer accommodant, ne pas refuser toutes les activités qu'on vous propose.
Ne pas se plaindre du temps, des mouches...
Au dernier repas, ne pas plier sa serviette.
Le dernier matin, enlever les draps et la taie d'oreiller de son lit et les mettre au sale.
En partant, bien remercier la maîtresse de maison.

Ne jamais dire à votre ami que sa mère est moche, même si c'est vrai.
Une fois chez vous, rédigez une lettre de remerciements aux parents.

⚠ ATTENTION :
Ne pas emporter en souvenir une cuiller en argent, un bibelot...

on vous rend visite

Si quelqu'un vous rend visite, faites-le entrer, puis asseoir, et proposez toujours quelque chose à boire, sauf aux huissiers et aux cambrioleurs, ils ont l'habitude, ils se serviront tout seuls.

OFFREZ :
De 8 h à 9 h : un café
De 12 h à 13 h : un apéro, le déjeuner
De 14 h à 16 h : un café
De 16 h à 19 h : un thé, un jus de fruit
De 19 h à 20 h : un apéro, le dîner

Après minuit : une grande claque dans la gueule, ou le plumard si affinités.

VISITE IMPROMPTUE D'UNE ALTESSE ROYALE

Ne pas la faire attendre dans le couloir.
Ne manifester aucune surprise.
Ne pas dire « Ah ben, ça alors ! »
Ne pas dire « Quel bon vent ? »
Ne pas dire « C'est à quel sujet ? »
Faire asseoir l'altesse sur le siège le moins abîmé et le plus propre.
Si vous offrez une bière, donnez un verre, Son Altesse n'est pas censée savoir boire à la bouteille.
Demandez à Son Altesse des nouvelles de sa femme et du petit prince.
N'acceptez pas que vos voisins viennent demander des autographes ou faire des photos.
Raccompagner Son Altesse jusqu'à son carrosse.

ATTENTION :

Ne pas agiter son mouchoir pour faire au revoir à un roi qui s'en va.

17

Vivre en société

vivre en société

Savoir vivre, c'est savoir vivre ensemble, avec les autres. Les autres font les embouteillages, la société, la pollution, du bruit, mais les autres, comme dit l'autre, c'est pas toujours l'enfer. Les autres sont là aussi pour nous donner du feu quand on a envie de fumer.*

le tabac

L'air pur est une denrée de plus en plus rare, les usines, les bagnoles s'emploient à l'empoisonner. Essayez de ne pas participer à l'asphyxie générale en fumant. Ceci dit, si la fumée vous aide à vivre :

S'assurer que la fumée ne gêne pas.

Ne pas toujours taxer les cigarettes des autres.

À table, ne pas fumer sans demander l'autorisation.

Avant de prendre une cigarette, en proposer.

Une fille ne fume pas dans la rue.

Dès qu'une fille sort une cigarette, un garçon doit lui offrir du feu.

Une fille n'allume pas la cigarette d'un garçon (elle ne doit pas allumer le garçon non plus).

* Jean-Paul Sartre, philosophe français à lunettes.

Chaque fois qu'on allume une cigarette, avoir une pensée émue pour le cow-boy de la pub Malboro, mort d'un cancer du poumon.

Ne pas fumer sous un abribus un jour de pluie.
Ne pas fumer dans une navette spatiale.
Ne pas fumer dans la voiture d'autrui.
Ne pas fumer au lit.
Ne pas fumer au nez d'un bébé.
Ne pas fumer au nez d'un moribond.
Ne pas fumer au nez d'un chien, d'un chat ou d'un serin.
Ne pas laisser sa cigarette se consumer toute seule dans un cendrier.
Ne pas écraser sa cigarette sur le tapis, ni dans sa tasse, ni dans les plantes vertes.
Ne pas jeter son mégot dans la cuvette des toilettes, il flotte.
Ne pas jeter un mégot par la fenêtre.
Ne pas parler la cigarette au bec.

Un oiseau ne doit pas voler la cigarette au bec.

Ne pas entrer dans l'appartement, le bureau, la voiture d'autrui la cigarette au bec.
Ne pas fumer dans un compartiment non-fumeurs.

ATTENTION :
Vous n'êtes pas obligé de fumer dans un compartiment fumeurs.

Ne pas fumer dans une église, un hôpital, le métro, l'avion, au cinéma, au théâtre, au cimetière, dans les grands magasins, encore moins dans les petits magasins...

Essayez de convaincre ceux que vous aimez de ne plus fumer.
(Pour les autres, il n'y a pas urgence.)

l'ascenseur

Ne pas prendre l'ascenseur pour soi tout seul.

Attendre les retardataires.
Dire bonjour.
Tenir la porte aux personnes âgées.
Dire merci si on vous tient la porte.
Avant d'appuyer sur le bouton de l'étage, s'assurer que personne ne descend avant.
Dire au revoir.

S'il y a dans l'ascenseur une femme à barbe, ne pas la regarder avec insistance.
(Si elle n'a pas de barbe, agir de même.)

Ne pas dévisager les autres.
Ne pas fumer.
Ne pas se maquiller.
Ne pas raconter sa vie.
Ne pas jeter de papiers par terre.
Ne pas tagger les cloisons.
Ne pas profiter de la situation pour tripoter sa voisine.

L'ASCENSEUR EST EN PANNE

Si vous êtes à l'extérieur :
Ne pas jurer, se rappeler qu'on a des jambes et prendre l'escalier au petit trot.

Si vous êtes à l'intérieur :
Vous pouvez organiser des jeux de société en fonction du nombre de personnes. Vous pouvez jouer aux portraits. S'il fait noir, ne pas jouer à colin-maillard qui peut vite dégénérer, organiser plutôt une chorale et chanter une petite chanson de votre pays.
Si la panne dure, comptez vos cheveux en silence.

l'escalier

Quand il n'y a pas d'ascenseur, prenez l'escalier et vos jambes.

Ce qu'il ne faut pas faire :
Ne pas faire du toboggan sur la rampe.
Ne pas fumer.

Ne pas se grouper sur les paliers.
Ne pas crier, il y a des gens qui bossent la nuit et qui dorment le jour.
Ne pas y jeter des détritus, des mégots, des chewing-gums, des seringues.

ATTENTION :
Ne pas faire monter une vache dans l'escalier, même pour rigoler.
(Ça fait pas rigoler la vache.)

QUAND ON CROISE QUELQU'UN

On salue. On s'efface devant une personne âgée ou une femme, et on lui laisse toujours la rampe.

DANS UN ESCALIER, LE GARÇON PASSE TOUJOURS DEVANT LA FILLE

En descendant pour la rattraper si elle tombe.
En montant pour ne pas voir sa culotte.

ne pas passer devant autrui

À Versailles, au temps de Louis XIV, les courtisans se bousculaient pour passer devant les autres et saluer le Roi.
Aujourd'hui, ça continue. Les arrivistes passent devant les autres pour se faire bien voir des grands de ce monde, même quand les grands de ce monde ne sont pas grands.
Essayez de ne pas passer devant les autres.

REMARQUE :
À la guerre, certains généraux très polis avaient la courtoisie de laisser passer les soldats devant eux.

ET SURTOUT, N'OUBLIEZ JAMAIS :

En tout lieu, en toutes circonstances,
le fort doit la priorité au faible.
L'hélicoptère au moustique
Le chef d'orchestre au joueur de triangle
Ruy Blas à l'hallebardier
Le pot de fer au pot de terre
La truffe à la pomme de terre
Le cheval à l'hippocampe
Le culturiste au myopathe
Le cycliste au piéton
Le patron à l'ouvrier
L'amiral au marin

À suivre...

18
Le piéton dans la rue

le piéton dans la rue

Le piéton doit la priorité à la piétonne.

Toujours laisser le « haut du pavé » (le côté du mur) à une dame ou une personne âgée, qu'elle soit à côté de nous ou qu'on la croise.
S'effacer pour laisser passer les personnes avec des voitures d'enfants ou handicapées.
Tenir son chien en laisse.
Quand quelqu'un tombe, ne pas rire, l'aider à se relever.
Quand on bouscule quelqu'un, dire pardon.
Ne pas rouler à vélo sur le trottoir.
Ne pas faire du roller sur le trottoir.
Ne pas marcher sur le trottoir à trois ou à quatre de front.
Quand on demande son chemin, ne pas engueuler celui qui ne sait pas.
Quand quelqu'un demande son chemin, ne pas l'envoyer à l'opposé histoire de rigoler.

ATTENTION :
Si on trouve une pièce sur le trottoir, la déposer au mendiant le plus proche.

Ne rien jeter par terre, tickets de métro, chewing-gums, il y a des poubelles partout.
Ne pas interpeller un ami en criant.
Ne pas le siffler non plus.
Ne pas dévisager les passants.

Ne pas se retourner sur les passants. On peut se retourner sur les passantes, ça leur fait plaisir.
(Quoi qu'elles disent.)

Ne pas tordre l'antenne ou le rétroviseur d'une voiture garée sur le trottoir.
Si un clochard est allongé sur le trottoir, vous ne devez pas marcher dessus. Contournez-le, enjambez-le ou sautez par-dessus.

ATTENTION :
Ne jamais demander son adresse à un SDF.

Quand un automobiliste vous laisse traverser, lui dire merci.
S'il ne vous laisse pas passer, ne pas cogner ni cracher sur sa voiture.
Traverser quand le feu est au rouge et sur les passages protégés.
Aider l'aveugle à traverser, mais pas de force.

19

Les transports en commun

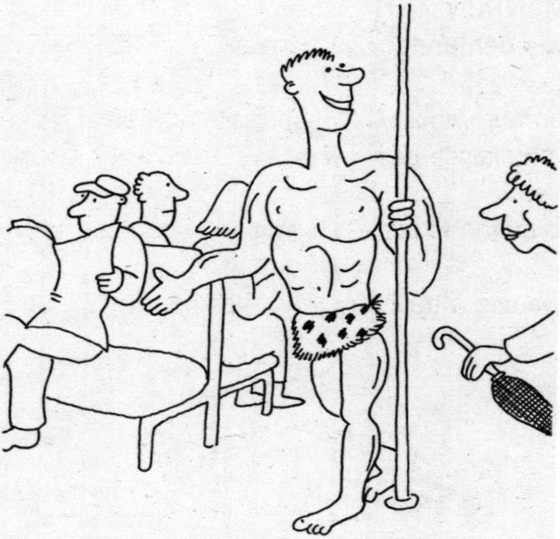

les transports en commun

Les transports en commun ont en commun de transporter le commun des mortels. On y respire la sueur de l'ouvrier, l'after-shave de l'employé et les remugles du clochard. À éviter si vous ne pouvez pas sentir vos semblables.

LE MÉTRO

Dans les couloirs du métro, retenez la porte battante, jusqu'à ce que la personne qui vous suit puisse la prendre, et pas dans la figure.

VOUS N'AVEZ PAS DE TICKET

Pour voyager en métro, le plus simple c'est d'acheter un ticket.

Si vous n'avez pas d'argent : placez-vous derrière une personne qui a un billet et demandez-lui la permission de passer derrière pendant la brève ouverture du portillon, le fait de l'avoir prévenue peut la rendre compréhensive.
Si vous tombez sur quelqu'un qui refuse, regardez-le bien, vous venez de rencontrer quelqu'un qui n'a jamais été jeune.

Ceci dit, il n'est pas très glorieux de voyager sans titre de transport, à moins que vous ne soyez complètement fauché. C'est toujours un peu minable de carotter quand c'est facile. Quand on est un vrai dur, on aime la difficulté, on va piquer la Joconde au Louvre.

Ne pensez pas que lorsque vous voyagez sans ticket vous ne volez personne, vous volez tous ceux qui paient leur ticket plus cher (on a dû intégrer la fauche dans le prix de revient).

Vos relations avec le contrôleur

Vous avez tout intérêt à ce qu'elles soient bonnes.
Présentez billets et tickets lorsqu'on vous les demande.
Ne gueulez pas, le contrôleur fait son boulot et pas des plus marrants, imaginez-vous à sa place.

ATTENTION :
Quand un contrôleur vous demande votre ticket, ne soupirez pas en disant : « La confiance règne ! »

Si vous n'avez pas de ticket, soyez fair-play. Vous avez été pris, soyez bon perdant et ne racontez pas de salades. Le contrôleur peut être touché par votre attitude et se montrer indulgent. **Quelquefois, il a un cœur le contrôleur, et des enfants de votre âge.**

Vos relations avec les voyageurs

Si vous n'avez rien à donner, donnez votre place dans le métro.

On peut être bien musclé et bien élevé en même temps, l'un n'empêche pas l'autre. Certainement que, dans un métro bondé, Tarzan aurait cédé sa place à la guenon avec son petit singe dans les bras.

Offrez votre siège aux personnes âgées, aux femmes enceintes ou accompagnées de jeunes enfants (même si elles ne sont pas belles).

La politesse est le seul luxe qu'on puisse s'offrir quand on est fauché.

Ne dévisagez pas vos vis-à-vis et vos vises-à-vises.
Ne tailladez pas les sièges ni les voyageurs avec votre cutter.
Ne collez pas votre chewing-gum sous les sièges (encore moins sur).
Ne jouez pas avec le signal d'alarme.
Ne lisez pas le journal de votre voisin, surtout si c'est *France-Dimanche*.
Les garçons, n'embêtez pas les filles.
Les filles, ne mettez pas de jupe à ras le bonbon.
Ne rackettez pas les gosses de riche, c'est pas de leur faute s'ils sont riches.

ATTENTION :
Ne pas déposer de bombe sous les sièges.

FAIRE LA MANCHE (si un jour ça va vraiment mal)
Ce qui marche :
La musique classique, violon, flûte, harpe.
La flûte indienne.
L'accordéoniste qui joue du musette.
Le magicien.
Le marionnettiste.

Ce qui ne marche pas :
La petite chanson de mon pays.
Réciter son texte comme un comédien.
L'excès de servilité.
L'agressivité.

Que faire face à celui qui fait la manche

Ne pas l'ignorer.
Avoir le courage de le regarder et de s'excuser avec un sourire si on ne donne rien.

⚠ ATTENTION :
Ceux qui parlent le mieux de leur misère ne sont pas forcément les plus malheureux.
Les plus malheureux ne sont pas forcément tous dans le métro.
(Gardez quelques pièces pour ceux du dessus.)

Le train

Ne pas occuper volontairement deux sièges avec ses bagages.
Ne pas soupirer si quelqu'un veut s'asseoir à la place de votre sac.
Ne pas monopoliser l'accoudoir central.
Ne pas retirer ses chaussures.
Ne pas baratiner la fille qui a envie de lire.
Ne pas téléphoner avec son portable pour faire son intéressant.
Ne pas feuilleter un magazine porno à côté d'une fille.
Aider les vieux à mettre leurs valises dans le porte-bagages.

On a le droit de rire quand un bagage tombe sur la tête d'un voyageur.
(Sauf si c'est votre bagage.)
Manger discrètement et proprement.
Si on dort, essayer de ne pas ronfler.
Dire pardon quand on passe devant son voisin.
Ne pas allonger ses jambes dans le couloir.

Vos pompes : Nike, Doc, Timberland...

Ne pas mettre ses chaussures sur les banquettes. Ces banquettes ne sont pas toujours propres, toutes sortes de gens s'y assoient.

Votre baladeur

N'écoutez pas votre baladeur trop fort.
C'est sympathique d'en faire profiter les autres. Votre baladeur est à vous. Les autres, s'ils veulent écouter de la musique, n'ont qu'à s'en acheter un.

Le baladeur vous rend sourd aux autres.
Vous n'entendez plus les conversations des autres.
Vous n'entendez plus ceux qui vous appellent au secours.
Et peut-être, un jour, à cause de votre baladeur, vous n'entendrez pas quelqu'un vous dire qu'il vous aime.

Attention :
Ce n'est pas la masturbation qui rend sourd, c'est le baladeur.

L'avion

Ne pas prendre les hôtesses pour des bonnes à tout faire, ne pas les siffler.

Ne pas déranger sans arrêt ses voisins pour circuler.
Ne pas écraser les jambes du voisin de derrière en inclinant brutalement son dossier.
Ne pas retirer ses chaussures.
Ne pas dormir sur l'épaule de son voisin.
Ne pas utiliser son téléphone portable.
Ne pas s'interpeller dans tout l'avion.
Ne pas piquer les écouteurs, la couverture.
Ne pas raconter la dernière catastrophe aérienne.
Vomir dans le sac en papier, pas sur les genoux du voisin.

ATTENTION :
Ne pas engueuler le pilote quand il y a des trous d'air, c'est pas lui qui les a faits.

La fusée spatiale

N'emportez pas de gros bagages, la tenue de soirée n'est pas obligatoire sur la Lune.
Ne pas ouvrir un parapluie à l'intérieur, ça porte malheur.
Ne pas monopoliser le hublot pour regarder la Terre qui s'éloigne.
Ne pas demander sans arrêt au pilote à quelle heure on arrive.
Ne pas faire remarquer aux autres passagers que vous êtes 13 dans la fusée.

ATTENTION :
Ne pas profiter de l'apesanteur pour s'envoyer en l'air.

20
En voiture avec autrui

l'automobile

L'important en auto, c'est pas d'en avoir sous son capot, c'est d'en avoir sous son chapeau.
8 000 tués par an.

DANS VOTRE VOITURE
Ne faites pas peur à vos passagers pour les épater à moins que vous souhaitiez ne plus les revoir dans votre véhicule.
Respecter les agents de la circulation.
Ne pas faire de bras ni de doigt d'honneur (le penser seulement).
Au parking, au péage, dire bonjour, merci, au revoir à l'employé.
Ne pas s'enfuir après un accrochage.
Quand on accroche une voiture en stationnement, laisser sa carte sur le pare-brise.

⚠ ATTENTION :
Si on écrase un piéton, laisser sa carte de visite sur le cadavre.
Ne pas oublier que le QI de l'automobiliste est inversement proportionnel à sa vitesse.

Ne pas démarrer en trombe au feu vert.
Ne pas foncer sur les piétons pour les effrayer.
Ne pas faire hurler sa techno toutes vitres ouvertes.
Ne pas se sentir humilié si on vous double.
Ne pas coller la voiture de devant.
Ne pas klaxonner quand une fille met du temps à faire son créneau.
Ne pas klaxonner de préférence les véhicules immatriculés dans une autre région.

Ne pas accrocher des Mickey, des poupées, des queues de tigre, des chapelets à son rétroviseur, ça bouche la vue.
Ne pas coller des autocollants partout sur la lunette arrière.

ATTENTION :
Ne pas se curer le nez au feu rouge, surtout quand il est vert.

DANS LA VOITURE D'AUTRUI

On a coutume d'offrir la place à droite du conducteur. Avant d'accepter, sachez que c'est la place du mort.
Pour un long voyage, proposer de participer aux frais (essence, péage).
Proposer au chauffeur de le relayer.
La nuit, parler au chauffeur pour qu'il ne s'endorme pas.

ATTENTION :
Ne pas mettre ses mains sur les yeux du conducteur pendant qu'on roule, histoire de rire.
(Il y en a qui en sont morts de rire.)

Ne pas mettre les pieds sur le tableau de bord.
Ne pas critiquer la conduite du chauffeur.
Ne pas allumer la radio sans demander.
Ne pas fumer si le conducteur ne fume pas.
N'insultez pas les autres automobilistes, laissez ce soin au conducteur.
Ne pas chatouiller le conducteur.
Ne pas couper le contact quand la voiture double.

ATTENTION :
Quand Jeanne d'Arc faisait de l'auto-stop, elle mettait son armure. Pensez-y, les filles, et soyez vigilantes.

21
SORTIR
AVEC AUTRUI

Sortir

Sans les autres, on n'aurait rien à lire, rien à regarder, rien à écouter et certainement qu'on deviendrait des vieux cons. Parfois autrui s'appelle Molière, Vermeer, Mozart, Woody Allen...

AU CINÉMA

Entre un film français et un film américain, choisir le meilleur.
Aller voir les films en version originale.
Exiger le court métrage.
Ne pas raconter le film à son voisin (sauf s'il est aveugle).
Ne pas aller au cinéma quand on tousse trop.
Ne pas donner des coups de genou dans le dossier du fauteuil de devant.
Ne pas retirer ses chaussures.

⚠ ATTENTION :
Fermer sa gueule pendant le film.

Ne pas dire un film de Belmondo, mais un film avec Belmondo (parce que c'est pas lui qui l'a fait).
Ne pas aller au cinéma avec un chien ni un tigre.
Éviter les chignons hauts, les cheveux dressés sur la tête et les chapeaux.
Applaudir à la fin d'un chef-d'œuvre.
Ne pas partir avant la fin du générique par respect pour les techniciens qui ont fait le film.

ATTENTION :

L'Alsacienne ou la Bigouden ne mettent pas leur coiffe pour aller au cinéma, ou alors elles s'assoient au dernier rang.

AU THÉÂTRE

Arriver à l'heure.
Ne pas rester debout pour ôter son manteau.
Laisser son portable au vestiaire.
Ne pas parler, commenter, chuchoter, ronfler.
Si on s'ennuie, attendre l'entracte pour partir discrètement.
Ne pas insulter les acteurs (ils n'ont pas écrit la pièce).
Ne pas applaudir que les vedettes.

Applaudir à la fin de la pièce.
(Seulement si c'était bien et pas parce qu'on est content que ce soit fini.)

ATTENTION :

Ne jamais lancer des tomates vertes sur la scène, les comédiens sont superstitieux. Choisissez toujours des tomates bien mûres.

AU MUSÉE

Au lieu d'aller au troquet, allez au musée.
Sachez que dans chaque musée il y a un tableau qui a été peint pour vous spécialement, cherchez-le.

Passez devant les autres tableaux, vite, et quand vous aurez trouvé votre tableau arrêtez-vous et restez longtemps à le regarder. Il a plein de choses à vous dire.

Pour entrer, faites la queue comme tout le monde, ne resquillez pas.
Une fois entré, restez discret.
Ne fumez pas.
Ne criez pas.
On n'est pas obligé de marcher sur la pointe des pieds dans les musées.

Vous n'êtes pas obligé de retirer votre chapeau, sauf quand vous passez devant un chef-d'œuvre.

Ne riez pas bêtement devant un tableau abstrait.
Ne dites pas « mon petit frère en ferait autant ».
Avant de dire « ça veut rien dire » essayez de comprendre.
Ne restez pas planté devant la Joconde avec les Japonais.
Ne mettez pas vos doigts sur les tableaux.
N'essayez pas de chatouiller les nymphes.
Ne faites pas de plaisanteries scabreuses devant les tableaux de nu.

À la sortie, achetez la reproduction en carte postale de votre tableau préféré et envoyez-la à la personne que vous préférez.

AU RESTAURANT

Choisissez bien votre restaurant, ne vous abonnez pas au Mac Do, ne mangez pas toujours la même chose, soyez curieux de goûts nouveaux.

Ne pas isoler quelqu'un (la plus moche) en bout de table.
Laisser la banquette aux filles.
Ne pas prendre ce qu'il y a de plus cher quand on est invité.
Ne pas prendre ce qu'il y a de moins cher quand on invite.
Ne pas prendre du caviar quand on sait qu'on va partager l'addition.
Une fille ne doit pas accepter une invitation en tête-à-tête avec une tête qui ne lui revient pas (sauf si elle a très faim).
Avoir le courage de dire au patron quand c'est mauvais. Quand c'est bon aussi.

Ne pas réserver dans plusieurs restaurants à la fois. Annulez votre réservation quand vous ne pouvez pas venir.

Les sorties en plein air

À LA PISCINE

Se doucher avant d'entrer dans l'eau.
Mettre un maillot de bain.
Ne pas se moucher dans l'eau avec ses doigts.
Ne pas faire pipi dans l'eau.
Ne pas plonger trop près des baigneurs.
Ne pas hurler.
Ne pas regarder par le trou des cabines des filles qui se déshabillent.

SUR LA PLAGE

Ne pas secouer sa serviette pleine de sable près des voisins.
Ne pas écouter RMC sur son transistor.
Ne pas laisser ses détritus sur le sable (bouteilles, papiers gras, *Minute*, *Voici*...)

⚠ ATTENTION :
Ne pas tourner le dos à la mer.

AU JARDIN PUBLIC

Ne pas cueillir les fleurs des massifs.
Ne pas shooter dans les pigeons.
Ne pas se baigner dans les bassins.
Ne pas se mettre en soutien-gorge pour se faire bronzer.
Respecter les espaces réservés aux enfants.
Ne pas s'allonger sur un banc en prenant la place de trois personnes.
Mais vous pouvez vous y asseoir à deux, en amoureux.

Les amoureux qui se bécotent sur les bancs publics ont des petites gueules bien sympathiques...

ET SURTOUT, N'OUBLIEZ JAMAIS :
En tout lieu, en toutes circonstances, le fort doit la priorité au faible.

Le camion à la 2 CV
Le chat à la souris
La star au figurant
Le milliardaire au mendiant
Le chirurgien à l'infirmière
Le professeur agrégé à l'instituteur
Miss Monde à Miss Cantal
La langouste à la langoustine
La langoustine à la crevette

Et tous, nous devons la priorité au protozoaire.

22
Le savoir-mourir

et pour en finir avec le savoir-vivre, le savoir-mourir

Ce n'est pas parce que vous allez mourir qu'il faut oublier le savoir-vivre. Laissez un bon souvenir en partant.

LES DERNIÈRES PAROLES

Vous allez la fermer pour de bon. Si vous avez encore quelque chose à dire, dites-le vite, après il sera trop tard. Si vous n'avez rien à dire, ne dites rien.
Les dernières paroles doivent être courtes, sympas et drôles. Essayez de faire rire ceux qui vous entourent avec leur gueule d'enterrement. Si vous n'êtes plus en état de faire une phrase, dites seulement un mot.

LE MOT DE LA FIN

Déjà
Adieu
Salut
Merde (ça porte bonheur)

À éviter :
Mince (vulgaire)
Nom de Dieu (ça porte malheur)
Ouf ! (pas très gentil pour l'entourage)
À bientôt (peut porter la poisse à l'entourage)

LE DERNIER SOUPIR

Mettre la main devant la bouche pour le dernier soupir.

Table des matières

Jean-Louis Fournier dans Le Livre de Poche

Grammaire française et impertinente n°14572

Elle montre souvent le mauvais exemple, mais donne toujours la bonne règle !
Voici une grammaire impertinente qui réunit l'ensemble des règles à suivre pour dire et écrire correctement bêtises et grossièretés. Des personnages inhabituels dans un livre de grammaire – un condamné à mort, un gangster, un commandant de bord aveugle... – nous enseignent l'usage des prépositions et des conjonctions et conjuguent avec aisance le subjonctif imparfait des verbes les plus délurés.
Ancien écolier que les exemples puisés dans Anatole France ou Pierre Loti n'arrivaient pas à dérider, Jean-Louis Fournier a pensé aux élèves peinant aujourd'hui sur l'orthographe comme lui-même peinait hier.
Un manuel que doit également posséder tout instituteur rêvant de voir une petite lueur s'allumer dans le regard blasé des cancres.

Arithmétique appliquée et impertinente n°15328

« J'ai longtemps cru que l'arithmétique n'avait été inventée que pour résoudre les problèmes de trains qui se croisent et de baignoires qui débordent. Quand j'ai été grand, j'ai découvert qu'elle pouvait mieux faire. M'aider, par exemple, à calculer le poids du cerveau d'un imbécile, le nombre de voitures que pourrait contenir Notre-Dame transformée en parking... Enfin, autant de questions que toute personne responsable devrait se poser. »

Après la *Grammaire française et impertinente*, Jean-Louis Fournier, un des rares auteurs à savoir conjuguer pédagogie et plaisir, s'attaque à l'enseignement de l'arithmétique. Humour noir, sens aigu des jeux de mots absurdes, problèmes cocasses et fantaisistes mais méthodes de raisonnement et solutions irréfutables et rigoureuses : voici un manuel indispensable pour les petits écoliers, leurs maîtres et leurs parents.

Sciences naturelles et impertinentes *n°15526*

Jean-Louis Fournier, un des rares auteurs à savoir conjuguer pédagogie et plaisir, s'attaque à l'enseignement des sciences naturelles.

Pourquoi l'alouette n'a-t-elle pas de sabots ?

Que trouve-t-on dans un expert-comptable qu'on a vidé ?

Quand les feuilles du haricot sèchent, est-ce la fin des haricots ?

Des questions inattendues mais des réponses scientifiques. De la brave vache au chaud lapin, en passant par la reproduction de l'homme et l'étude de la pomme de terre, « mère de toutes les frites », ce livre insolent fera comme la *Grammaire française et impertinente* le bonheur des écoliers et de leurs maîtres.

Le Pense-bêtes de saint François d'Assise n° 16520

A 15 ans, Jean-Louis Fournier met une statue de la Sainte Vierge dans les toilettes de l'institution Saint-Joseph à Arras. Pour sa défense, il prétendra avoir voulu faire de l'hygiène esthétique. Il sera renvoyé.

Trente ans plus tard, avec le *Pense-bêtes*, il décide de déca-

per François d'Assise, saint confit dans le sucre depuis des siècles. Après avoir conjugué le subjonctif du verbe péter et calculé le poids du cerveau d'un imbécile (*Grammaire française et impertinente* et *Arithmétique appliquée et impertinente)*, apprenons avec saint François, l'ami des bêtes, à apprivoiser une huître, couver des œufs, ferrer un chat, plumer un cygne, vider une baleine.
Traité au vinaigre, François se refait une jeunesse, parce que c'est dans le vinaigre qu'on se conserve le mieux. Demandez donc aux cornichons.

Peinture à l'huile et au vinaigre n° 16502

Les grands peintres et leurs mauvais élèves

Quand on parle de peinture, on chuchote des mots compliqués avec un air grave. Ici, au contraire, Jean-Louis Fournier aborde la peinture sans le respect pompeux qui d'ordinaire l'entoure.
À côté de descriptions de tableaux imaginaires qui auraient pu être inventés par des disciples irrespectueux, vous trouverez des fiches très sérieuses pour connaître les grands peintres.

Composition réalisée par P.P.C.

Imprimé en France sur Presse Offset par

BRODARD & TAUPIN

GROUPE CPI

La Flèche (Sarthe).
N° d'imprimeur : 24103 – Dépôt légal Éditeur : 47703-08/2004
LIBRAIRIE GÉNÉRALE FRANÇAISE – 31, rue de Fleurus – 75006 Paris.
ISBN : 2 - 702 - 48872 - 2

31/0091/4